Dietrich Buntrock

Graukopf semmeliert

"Graukopf semmeliert"

Graukopf sinniert gern über Themen der Zeit, er erinnert sich an die Vergangenheit, und er spottet zuweilen, wenn ihn etwas dazu reizt, mit einem Wort, er "semmeliert".
Dieser mundartliche Ausdruck stammt aus seiner ostbrandenburgischen Heimat, wo man sagte, jemand "semmeliert" (= simuliert, sinnt nach, grübelt), wenn er etwas geistesabwesend und verträumt vor sich hinschaute.

Dietrich Buntrock

Graukopf semmeliert

Mit Zeichnungen von
Rolf F. Zimmermann

MOHLAND

Die Deutsche Bibliothek – CIP-Einheitsaufnahme

Ein Titeldatensatz für diese Publikation ist bei
Der Deutschen Bibliothek erhältlich

Dietrich Buntrock
Graukopf semmeliert

1. Auflage 2001

Zeichnungen: Rolf F. Zimmermann
Gesamtherstellung: Büchermaus, 25862 Goldebek
Verlag: MOHLAND Verlag D. Peters Nachf.
Inh. G. Eichhorst-Kaltenbach
Dorfstraße 9, 25862 Goldebek

ISBN 3-932184-86-6

Inhalt

Vorwort

Er ist Feingeist, Spötter und Querdenker und als solcher geachtet und gefürchtet. Wenn in der Seniorenredaktion der Eckernförder Zeitung wieder einmal hart um Inhalte und Formulierungen gerungen und emotionsgeladen diskutiert wird, herrscht schlagartig Ruhe, wenn "der Doktor", wie der Eckernförder Studiendirektor a. D. Dr. Dietrich Buntrock mitunter respektvoll genannt wird, sich zu Wort meldet (er tut das wirklich) und seine stets treffenden Einwürfe vorbringt. Er ist nicht nur so etwas wie die geistige Instanz der Seniorenredaktion, sondern auch ein Muster an Verlässlichkeit und Konstanz: Noch nie hat der Pädagoge eine der monatlichen Redaktionssitzungen versäumt.

Nach seinem schmerzvollen Abschied von der Schule nach 33,3 Lehr(er)jahren am Eckernförder Jungmann-Gymnasium hat Dr. Buntrock den Schritt ins journalistische Rampenlicht gewagt. Dabei bedient er sich ganz schlau eines speziellen Charakters – seines "Graukopfs", wobei eigentlich nur noch die Anmerkung fehlt, dass Ähnlichkeiten mit lebenden Personen natürlich rein zufällig wären. "Graukopf" – das ist ein Markenzeichen und Qualitätssiegel gleichermaßen und vergnüglicher Lesestoff pur. Selbst eine auf den ersten Blick so nüchtern wirkende Tätigkeit als Kirchenwächter in der St. Nicolai-Kirche gewinnt durch den kritischen und mit analytischer Schärfe ausgestatteten Beobachter eine spürbare Belebung.

In 32 ausgewählten Geschichten voller Witz und Charme porträtiert "Graukopfs" geistiger Vater die großen und kleinen Marotten der Menschen, lässt mit spitzer Feder lästige Telefonwerber und ungebetene Teppichverkäufer abblitzen und setzt sich auf offene und humorvolle Weise mit allen ihm unterkommenden und berichtenswerten Formen der modernen Kunst und des modernen Lebens auseinander. Die Leser der regelmäßig jeden zweiten und vierten Dienstag im Monat erscheinenden Seniorenseiten der Eckernförder Zeitung, dank Internet sogar weltweit lesbar, wissen Dr. Buntrocks Themenwahl und "Schreibe" sehr zu schätzen.

Meist fängt "Graukopf", der in der distanzierten dritten Person schreibt, ganz harmlos an: "Neulich war Graukopf nachmittags in der Landeshauptstadt, und da er noch eine Stunde Zeit hatte, beschloss er, etwas für seine Bildung zu tun und eine kleine Ausstellung zweier Künstler zu besuchen ..." – so begann die erste Graukopfgeschichte "Was ist Kunst? Oder: Der Rahmen ist das Bild" am 25. November 1997. Enger und enger werden dann die Kreise um das eigentliche Objekt der Begierde, bis er es schließlich zu packen hat, es in seinem Sinne dreht und wendet und den Kern des Ganzen bzw. was als Kern übrig bleibt sprachlich elegant und mit feiner Ironie versehen herausarbeitet. Seine Kritik verpackt "Graukopf" so nett, dass selbst den "Opfern" seiner Schriftstellerei noch Sympathien gewiss sind.

Seine regionalen schriftstellerischen Erfolge haben Dr. Buntrock inzwischen auch auf die Bühne eines von ihm sehr geschätzten Eckernförder Altstadtcafés gebracht: Im "Knarrpanti" trägt er des öfteren Geschichten von "Togavaria" vor – das ist lateinisch und heißt so viel wie "bunter Rock" – eben ein echter Buntrock.

Möge "Graukopf" noch recht heftig "semmelieren". Ich wünsche dem Buch den Erfolg, den es verdient. Die Zeichnungen von "Graukopfs" Redaktions- und Autorenkollegen Rolf F.

Zimmermann – halb Eckernförder, halb Mallorquiner – mit ihrer treffenden Symbolik unterstreichen den hohen Bildungs- und Unterhaltungswert der Geschichten.

Eckernförde, im Mai 2001

Gernot Kühl
Redaktionsleiter und Gründer der EZ-Seniorenredaktion

Graukopf über Graukopf
oder die Vollendung einer unerledigten Aufgabe

Die Seniorenredaktion der "Eckernförder Zeitung" besteht nun schon seit mehr als einem Jahr, und fast eben so lange trägt der Autor eine unerledigte Aufgabe mit sich herum, an die er alle vier Wochen erinnert wird. Denn der Redaktionschef Herr Kühl hat jedes Mitglied des Teams gebeten, sich den Lesern doch einmal in einem autobiographischen Artikel vorzustellen. Doch mit solchen freundlich formulierten Aufträgen ist es bei den Senioren nicht anders als in einer Schulklasse: Es passiert daraufhin meist recht wenig, und bisher hat es nur drei dieser Beiträge gegeben.
Denn es ist nicht so leicht, über ein Leben von mehr als 60 Jahren einigermaßen vollständig, doch nicht zu ausführlich, weder angeberisch noch zu bescheiden und auch noch interessant genug für die Leser zu berichten. Wie man als junger Mensch einen Lebenslauf zu schreiben hat, das lernt man in der Schule. Wer berühmt geworden ist, für den verfassen andere Leute eine biographische Notiz. Aber den eigenen Lebensweg aufzuschreiben und auch noch zu veröffentlichen, davor haben die meisten eine große Scheu.
Als der Autor wieder einmal über seine unerledigte Hausaufgabe nachdachte, kam ihm eine rettende Idee: Er war ja "Graukopf", und über den getraute er sich schon eher, einiges aufzuschreiben. Denn diese Person gibt es erst seit zwei Jahren. Als der Autor in den Ruhestand getreten war und sich nun entsprechend alt und grau fühlte, schrieb er sich als "Graukopf" manches von der Seele und versuchte, sich mit seiner neuen Daseinsform zu befreunden, was ihm anfangs nicht leicht fiel. (Er hatte über 33 Jahre Englisch und Französisch am hiesigen

Gymnasium unterrichtet und war sehr gern Lehrer gewesen.) Es sind dann verschiedenartige Berichte über Ereignisse aus seinem Leben hinzugekommen, die er schriftlich festhalten möchte, vor allem Erinnerungen aus seiner Jugend (er stammt aus dem östlichen Brandenburg, das heute zu Polen gehört) und Erlebnisse mit seiner Familie (er ist mit einer Lehrerin verheiratet, hat einen erwachsenen Sohn und lebt in Eckernförde).

Vor einem Jahr ist Graukopf durch die *Eckernförder Zeitung* an die Öffentlichkeit getreten mit seinen Beiträgen, in denen er ein wenig aus seinem Leben berichtet oder aktuelle Ereignisse aus der Sicht eines älteren Menschen betrachtet. Die Mitarbeit in der Seniorenredaktion macht ihm Spaß, und er versucht, sich jedes Mal mit einem Artikel an der Ausgabe zu beteiligen. Diesmal weiß er allerdings nicht so genau, ob er das abgeliefert hat, was sein Chef bei der Aufgabenstellung meinte, oder ob er – wie ein Schüler – bei seiner Hausaufgabe dem Thema etwas ausgewichen ist.

Zu seinem Pseudonym möchte er noch etwas anmerken. Des öfteren haben alte Eckernförder ihn darauf aufmerksam gemacht, dass er am Ort einen Namensvetter hatte, nämlich Herrn Karl Graucob, der in den Sechzigerjahren hier Schulrat war, jetzt aber nicht mehr lebt. Er ist auch literarisch hervorgetreten mit einem Band eigener Gedichte und einer vergleichenden Untersuchung zu Wilhelm Lehmanns "Bukolischem Tagebuch" und seiner Lyrik. Der Zeitungsgraukopf ist Herrn Graucob manchmal in der Stadt begegnet und erinnert sich noch an ihn als einen schlanken, weißhaarigen und distinguierten alten Herrn (der ihm seinen Decknamen hoffentlich nicht verübeln wird).

Der Autor freut sich immer, wenn er (oder auch seine Frau) auf seine Artikel angesprochen wird und wenn man ihm berichtet, dass man sie gerne lese. Gelegentlich wird er sogar als "Graukopf" angeredet, was ihn sehr amüsiert. Zuweilen heisst es auch: "Graukopf würde hier folgendes sagen ...!" oder : "Darüber müsste Graukopf mal etwas schreiben." Dann hofft er, dass diesem die Einfälle nicht ausgehen und er sich weiterhin über alles Mögliche mokieren kann, so wie Rolf F. Zimmermann ihn in seinen Zeichnungen zu einigen Graukopf-Artikeln dargestellt hat.

Im Märzen der Gärtner ...

Wenn der Frühlingsanfang auf dem Kalender näher rückt und Graukopf durch seinen noch winterlichen Garten geht, regt sich in ihm eine zunehmende Unruhe. Bald wird es wohl wieder Zeit, mit der Gartenarbeit anzufangen. Bei mildem Wetter und Sonnenschein ergreift ihn diese Unruhe manchmal schon mitten im Winter, doch dann wird es erneut frostig kalt, und er kann sich zunächst wieder beruhigen. Doch Ende März – ob das Wetter unfreundlich oder einladend ist – spürt er, nun lässt es sich bald nicht länger hinausschieben. Er hat bereits hier und da Nachbarn im Garten arbeiten sehen, und seine Frau redet auch schon immer öfter davon, dass es sie nicht mehr im Hause halte; die Situation wird also ernst.
Graukopf ist nämlich kein geborener Gartenfreund, dem es am Ende des Winters schon so in den Fingern juckt, dass er es im Zimmer nicht mehr aushält. Er findet den kalten Teil des Jahres auch schön, weil er dann mehr Muße hat, seine Gedanken aufs Papier zu säen, Fehler auszujäten, den entstehenden Text hier und da zu stutzen und seine Geschichte schließlich, indem er sie tippt, wie eine Ernte einzubringen. Das kann er in der warmen Jahreszeit zwar auch tun, aber er hat dann doch viel weniger Zeit dazu.
Es kommt in diesem Teil des Jahres also eine deutliche Umstellung für ihn, und er muss sich zunächst ein wenig dazu zwingen. Natürlich ist der Frühling schön; er bringt den Neubeginn des Lebens in der Natur, welchen die Menschen in früherer Zeit noch viel deutlicher empfunden und herbeigesehnt haben als wir heute in unseren gut geheizten Wohnungen, mit der Möglichkeit, im Winter in warme Länder zu verreisen. Aber – so denkt Graukopf manchmal – den Frühling kann

er auch genießen, wenn er in der Natur spazieren geht; er muss deshalb ja nicht unbedingt stundenlang im Garten arbeiten. (Hat Wilhelm Lehmann das überhaupt getan?)
Doch wenn Graukopf und seine Frau erst einmal die anstrengendsten Frühjahrsarbeiten geschafft haben, sodass alles wieder in Schuss ist, und wenn das Wetter angenehm milde geworden ist, hat er wieder entdeckt, dass es sehr befriedigend sein kann, den eigenen Garten zu bearbeiten. Er ist dabei vollauf beschäftigt und hat ein Ziel vor Augen, doch ist die Arbeit nicht so anstrengend, dass er nicht noch nebenbei seinen Gedanken nachhängen könnte. Ideen, die er bisher nicht richtig durchdacht hat, kann er nun weiterverfolgen. Wie sich später oft zeigt, ist er bei seiner gärtnerischen Tätigkeit auch in seinen Überlegungen vorangekommen.
Außerdem stellt er erneut fest, dass es ein größeres Vergnügen bereitet, das Wiederaufleben der Natur im Frühling, das Wachsen und Gedeihen im Sommer und das Reifen im Herbst an den eigenen Pflanzen und Blumen, Büschen und Bäumen zu beobachten, obgleich das Spazierengehen in Wald und Feld oder im Kurpark weniger anstrengend ist als die Gartenarbeit. Da die Graukopfs ihr Hausgrundstück als Ziergarten bewirtschaften, stehen sie nicht unter einem Erfolgsdruck hinsichtlich des Ertrages an Obst und Gemüse.
Wenn schließlich der Herbst naht, sieht Graukopf ihn weniger als Zeit der Ernte, sondern eher als den naturgegebenen Abschluss des angenehmen, aber auch schweißtreibenden Teils des Jahres und den Übergang zu der klimatisch rauheren Jahreshälfte, die ihm aber ein beschauliches Kultivieren seiner Gedankenbeete am Schreibtisch im geheizten Zimmer verspricht.
Die Arbeit im Garten hat neben den nützlichen Gesichtspunk-

ten, seinen Besitz in Ordnung zu halten, sich in frischer Luft körperlich zu betätigen und Feldfrüchte anzubauen, noch einen fast philosophischen Aspekt. Man kann auf diese Weise durch sinnvolles praktisches Tun der fruchtlosen Beschäftigung mit theoretischen Problemen aus dem Wege gehen, die man doch nicht lösen kann. Als am Ende von Voltaires satirischem Roman "Candide" der Titelheld von seinem optimistischen Lehrer Pangloss noch immer nicht überzeugt werden konnte, dass er in der besten denkbaren Welt lebt, beendet er die Diskussion mit dem Satz: "Schön und gut, aber wir müssen jetzt unseren Garten bearbeiten."

Geld, das man nicht mehr sieht

Am Monatsende pflegt Graukopf sorgenvoll seinen Kontoauszug zu betrachten. Meist sind seine Ruhestandsbezüge dann bis auf einen unbedeutenden Rest zusammengeschmolzen. Dies ist ein Vorgang, den fast jeder kennt, und er ist nicht neu, denn solange es Geld gibt, hat es das Bestreben, schneller dahinzuschwinden, als man es sich verdient hat.
Ziemlich neu ist es aber (jedenfalls für Graukopf, der sich noch an andere Zeiten erinnern kann), dass man sein Monatseinkommen fast gar nicht mehr zu Gesicht bekommt. Der größte Teil wird im "bargeldlosen Zahlungsverkehr" überwiesen (hierbei muss Graukopf noch ein Formular ausfüllen und unterschreiben, so merkt er wenigstens noch, dass er Geld ausgibt), oder es wird von seinem Konto abgebucht (was dem zahlenden Graukopf von seinen Lieferanten als sehr bequem schmackhaft gemacht wird), oder aber man kann Einkäufe gar mit einer Scheckkarte bezahlen (wodurch die Geldausgabe – jedenfalls im Augenblick – ganz harmlos und fast unwirklich erscheint).
Nur beim gelegentlichen Betrachten des Kontoauszuges kommt dann vielleicht das böse Erwachen. Doch selbst wenn Graukopf einmal zuviel ausgegeben hat, merkt er es heutzutage nicht gleich, denn seine Bank gewährt ihm einen flotten Dispo-Kredit (und lässt ihn später dafür Überziehungszinsen zahlen).
In früheren Zeiten wurde dagegen alles bar bezahlt, und zwar meist in klingender Münze, sinniert Graukopf. Damals wusste jedermann, ob er noch Geld hatte und wann es ausgegeben

war. Man konnte das Geld nicht nur sehen und sich an seinem Anblick freuen, man konnte es sogar hören, wenn jemand eine Gold- oder Silbermünze auf den Tisch fallen ließ, um ihre Echtheit zu überprüfen. Manch einer biss gar auf ein Goldstück, um es zu prüfen, oder man wog es und befühlte es. Die damaligen Münzen aus Edelmetall konnte man jahrhundertelang aufbewahren, ohne dass sie ihren Wert verloren.
Doch seit der Einführung des Papiergeldes (das schon bei Goethe als eine Erfindung des Teufels gilt) kann man das Geld nur noch sehen, mehr nicht. Eine Banknote mit kompliziertem Druckbild, mit Wasserzeichen und Sicherheitsstreifen ist zwar ein recht verlässlicher Anblick, doch "Papier ist geduldig", wie man sagt, denn ein Geldschein wird nur durch seinen Aufdruck zehn, fünfzig oder einhundert Mark wert, und wie schnell sich das ändern lässt, hat ja die große Inflation von 1922/23 gezeigt.

Bis auf die Scheine, die ihm der Geldautomat für die Alltagseinkäufe ausspuckt, sieht Graukopf selbst vom Papiergeld nur noch wenig, und die Münzen, die er mit sich herumträgt, sind kaum mehr etwas wert. Scheckkarten verschiedenster Art wickeln heutzutage den Geldverkehr ab, und zwar schnell, elektronisch, beinahe unsichtbar und anonym.
Zum "Cyberspace", in welchen sich schon viele Leute immer öfter flüchten, um der realen Welt zu entgehen, gehört sicher auch bald das virtuelle "Cybercash". Fast erscheint es Graukopf, als ob das immer wertloser werdende Geld sich nun verschämt aus der Öffentlichkeit zurückziehen und unsichtbar werden möchte, damit man es nicht mehr (wie damals ein Goldstück) auf seine Güte, sein Gewicht und überhaupt auf sein Vorhandensein überprüfen kann.
Es ist bezeichnend, dass unser Geld nun seinen bewährten alten Namen "Mark" aufgeben und zum "Euro" werden soll. Diese Bezeichnung erscheint Graukopf wenig verlässlich und markig, sondern ebenso unseriös wie z.B. Papiergeld, Abbuchung, Scheckkarte, Dispo-Kredit, Geldautomat, und die bisherige Kursentwicklung des neuen Geldes scheint diese Ansicht zu bestätigen.

Sachen gibt's, die gibt's gar nicht!

Immer wenn Graukopf die Wochenendausgabe einer großen Tageszeitung liest, studiert er aufmerksam die Anzeigen unter dem Titel "Verschiedenes". Dort findet er auf einer halben Druckseite die unterschiedlichsten Angebote und Anliegen, die man hintereinander abgedruckt hat und die die Vielfalt des Lebens wiederspiegeln.

Viele Annoncen bieten übliche Handwerksarbeiten an wie Fassadenanstriche, das Anfertigen von Einbauschränken, das Beseitigen feuchter Wände, einen Transport- und Lagerservice oder Hilfe bei Gartenarbeiten, z.T. mit einer werbewirksamen Überschrift: Schnell und günstig – Top Angebot – Tubaja fährt alles ganz billig. Über solche Anzeigen liest Graukopf meist schnell hinweg.

Etwas aufmerksamer studiert er schon die Angebote ausgefallenerer Dienstleistungen wie z.B.: Telefondienst in Ihrem Namen – Ihre Rede für jeden Anlass – Ungewöhnliche Aufträge und Ermittlungen aller Art - Rutengänger Kurbach (Erdstrahlen, Wasseradern, Elektrosmog). Wirklich staunen muss er bei folgendem Anerbieten: Bodybuilder massiert splitternackt. Tel. ...

Einen breiten Raum nehmen Offerten zur Gesundheits- und Schönheitspflege ein, die bei speziellen Problemen Hilfe mit ungewöhnlichen Methoden versprechen: Hausstauballergiker atmen auf. – Hypnose mit Mentaltraining bei Ängsten und Suchtproblemen. – Reiki-Meisterin bespricht Rose, Warzen, Flechten. – Sauerstoff-Vital-Behandlung für die anspruchsvolle Frau. – First Class, neues Team, E-Massage. Graukopf wundert sich, was es doch alles gibt auf dieser Welt.

Des Weiteren empfehlen sich viele Inserenten für die Unterhal-

tung von Gästen bei Feiern. Zumeist geht es dabei um Musik: Professionelle Tanzmusik für Ihr Fest – DJ mobile Partydisco – Dudelsackpfeifer spielen. – Leierkastenmann kommt. Doch es gibt noch andere Darbietungen, mit denen man die Eingeladenen erfreuen kann, etwa mit der "Clownin Flora", einer "Bauchtanzshow mit Sofia Sahir", mit einem Bauchredner, einem Zauberkünstler oder mit einer Attraktion aus dem folgenden Angebot: Striptease-Torte, Travestie, Live-Musik, Chaos-Kellner, Zauberer, Brasil-Show etc. Nach der Lektüre dieser Annoncen traut sich Graukopf zu, jede Party, die er veranstalten müsste, gut unterhalten zu können.
Lebenshilfe der esoterischen Art entdeckt der Leser in folgenden Inseraten: Meditation zur Aktivierung der Selbstheilungskräfte. Hilfe durch Wahrsagerin. Ich sehe Glück und Leid. Ihr Schicksal ist abwendbar. – Die Zukunft kennen ist besser, als sie zu fürchten. Medium Astronomie und Astrologie mit dem neuen Planeten. Und dann: Zur Meditation das passende Gewand im Atelier Cheminee. Das ist wirklich hilfreich, denkt Graukopf und ist beeindruckt.
Oft suchen Journalisten unter "Verschiedenes" Menschen mit einem besonderen Schicksal für eine Reportage, so z.B. Leute, die Ärger mit ihren Nachbarn haben, Frauen, die ihrer Freundin den Partner ausgespannt haben (oder umgekehrt) oder Ehepaare in einer "Distanz-Ehe" (d.h. einer von beiden lebt im Ausland). Doch für Graukopf, seine Lebenssituation und seine Erfahrungen scheint man sich hier nicht zu interessieren.
Manchmal stößt der aufmerksame Leser auf ziemlich rätselhafte Angebote, bei denen er nicht genau weiß, was gemeint ist: Hilfe finden Sie durch ein für Sie speziell gemachtes Ritual. Oder: Jemand macht Ihnen das Leben schwer, aber nicht mehr lange: Tel. ... Und: Clintonize it! Von Erfolgreichen lernen.

Coaching & Flow. Vorsicht, denkt Graukopf, sich dort lieber nicht melden, solange man nicht weiß, was "Clintonizing" ist.
Zuweilen entdeckt er Anzeigentexte, bei denen er innehält und zu sinnieren beginnt, weil er hinter den wenigen Worten eine ganze Geschichte erahnt: Attraktive Frisörin aus Thüringen, die am So. 15.05. ihre Freundin per S-Bahn in Bergedorf besuchte, bitte bei nettem Ex-Westfalen melden unter ... Und dann: 39-Jährige wünscht sich sehnlichst ein Kind, bevor es zu spät ist. Welcher sympathische, aufgeschlossene Mann hat Lust, sich aus diesem Grunde mit mir zu treffen. Ohne Ansprüche an Dich.
Nachdem Graukopf die Rubrik "Verschiedenes " zu Ende gelesen hat, überlegt er, für welche der Angebote er überhaupt Verwendung hätte und was ihn das wohl kosten würde (denn Preise sind fast nie angegeben). Dann wird er ganz vergnügt bei dem Gedanken, dass er fast alle angepriesenen Dinge und Dienste gar nicht braucht. Dennoch findet er es interessant zu lesen, was es alles auf Erden gibt, und unterhaltsam ist diese Lektüre auch.

Neue Hexenkunde

Schon vor zwei Jahren im April las Graukopf einen klugen Artikel mit dem Titel "Über Hexen und die Walpurgisnacht", in dem er manches Interessante zu dem angegebenen Thema erfuhr. Im letzten Absatz ermahnt die Autorin den Leser, in der Walpurgisnacht (also der Nacht vor dem 1. Mai) sehr vorsichtig zu sein, denn es könne ihm durchaus passieren, dass die letzte Person, die er dann in seinem Leben sähe, eine Bekannte wäre, die auf einem Besenstiel sitzend an ihm vorbeiflöge.
Seit er diesen Artikel gelesen hat, ist Graukopf am Vorabend der Walpurgisnacht immer von Spannung und auch von Angst erfüllt.
Er bleibt die halbe Nacht lang wach und wartet darauf, dass etwas geschieht. Und am nächsten Morgen, wenn nichts passiert ist, fühlt er sich zugleich erleichtert und ein wenig enttäuscht, und er fragt sich das ganze Jahr über, ob er vielleicht auf ein Phantom gewartet hat, das es gar nicht gibt.
In der modernen Literatur sind die Hexen so lebendig wie eh und je (bevor sie zu Tode kommen), besonders natürlich in Büchern, deren Handlung sich in vergangenen Jahrhunderten abspielt (Graukopf denkt etwa an die Darstellung der Abel Laverentzen in Rudi Jürgensens Roman "Die Schnittker", um ein nahe liegendes Beispiel zu geben). In Goethes "Faust" nimmt die Schilderung einer Hexenküche und der Walpurgisnacht bekanntlich einen breiten Raum ein (und wie man hört, feiert diese Nacht auf dem Blocksberg neuerdings wieder fröhliche Urständ). Kürzlich hat Graukopf sogar von der gelehrten Abhandlung eines seiner Kollegen über die Hexen und Hexenprozesse vergangener Zeiten in unserem Lande gelesen.
Es fehlen aber wissenschaftliche Untersuchungen zum aktuellen

Stand der Dinge, und Graukopf fragt sich: Gibt es denn in unserer modernen Welt noch Hexen, oder sind sie ausgestorben? Da ihn dieses Thema nun schon zwei Jahre lang beschäftigt, sind ihm dazu wenigstens einige Erkenntnisse gekommen. Es ist sicher zwecklos, bei der Hexensuche heutzutage nach alten Frauen Ausschau zu halten, die in stürmischen Nächten auf Besenstielen durch die Lüfte reiten. Die Hexen haben Schritt gehalten mit der Zeit. Anstelle der Besen benutzen sie Motorräder, fahren Sportwagen oder fliegen in Düsenjägern. Graukopf ist sich ziemlich sicher, dass sie nicht zu Fuß gehen, doch ganz genau weiß man es bei ihnen ja nie.

Die Hexen von ehedem sollen kluge Frauen gewesen sein, die mehr wussten als andere Leute. Dies gilt wohl auch noch heute. Graukopf kann sich jedenfalls keine Hexen vorstellen, die dumm sind. Sie haben vermutlich einen hohen Intelligenzquotienten, doch ihr Emotionalquotient ist wohl sehr unterdurchschnittlich. Manche sagen, man könne Hexen ziemlich leicht erkennen, weil sie eine Brille tragen. Aber darauf kann man sich gar nicht mehr verlassen, denn heutzutage gibt es ja Kontaktlinsen. Doch Graukopf ist überzeugt, dass sie keinen Humor haben, was man aber leider nicht auf den ersten Blick bemerken kann.

Allgemein wird angenommen, dass Hexen ihr Aussehen verändern können und oft als junge, hübsche Wesen auftreten. Graukopf meint jedoch zu wissen, dass dies jetzt sehr viel seltener vorkommt als in früheren Zeiten. Er glaubt, dass Hexen nicht ganz jung sind, also ein gewisses Alter haben, und dass sie klein oder von mittlerer Größe sind, aber niemals hoch gewachsen (wegen der Schwierigkeiten, auf einem Besenstiel zu reiten, falls es in Notfällen doch einmal sein muss).

Auch ihre Kleidung gibt keine sicheren Hinweise, doch neigen sie, wie Graukopf meint, nicht zu modisch eleganten Gewändern. An ihrer Rothaarigkeit kann man sie (wegen der Raffinessen moderner Friseurkunst) wohl kaum noch erkennen.
In unserer aufgeklärten Zeit gibt es keine Hexenprozesse, Hexenjagden und Hexenverbrennungen mehr, und Graukopf findet das richtig, und er ist froh darüber. Doch aus der Tatsache, dass man heute toleranter geworden ist und Hexen nicht mehr verfolgt, glaubt er schließen zu können, dass ihre Zahl deutlich zugenommen hat.
Zwar geben nur wenige Menschen zu, dass sie an Hexen glauben und auch schon einige gesehen haben, aber Graukopf meint, hier und da und überall bereits etliche entdeckt zu haben. Nicht mehr in Hexenküchen, wie sie in Hexenkesseln rühren und das Hexeneinmaleins aufsagen, oder bei einem Hexensabbat, wo sie mit Hexenmeistern tanzen und Hexenschüsse abfeuern, dort sicher nicht, doch soll man ihn nicht fragen, wo und wann und wie oft schon.

Manchmal ist es ein Segen, vergessen zu können

Im Alltagsleben ärgern wir uns häufig darüber, dass wir etwas vergessen haben, etwa ein nützliches Werkzeug mitzunehmen, das wir nun brauchen, einen Einkauf zu machen, der sehr notwendig war, oder einen Anruf zu erledigen zu einem Termin, den wir nicht hätten versäumen dürfen. Dies ereignet sich schon, wenn man noch jünger ist, doch den Senioren passiert es häufiger, wie Graukopf selbst feststellen muss, und man hält die Zunahme solcher Unzuverlässigkeiten mit Recht für ein Alterszeichen.

Mindestens ebenso schlimm ist es, wenn wir uns an Einzelheiten, die wir doch vor kurzem noch im Gedächtnis hatten, plötzlich nicht mehr erinnern können, wenn uns also ein bestimmtes Wort, ein Name, eine Nummer entfallen ist. Jeder hat schon als Schüler bei einer Klassenarbeit nach einer entscheidenden Vokabel oder einer Zahlenangabe gesucht. Wie alle Älteren kennt auch Graukopf das Gefühl der Hilflosigkeit, plötzlich den Namen eines Menschen, den er kennt, nicht mehr parat zu haben oder auf dem Wege zum Geldautomaten sich seiner Geheimnummer nicht mehr sicher zu sein.

Die gesuchte Einzelheit fällt einem zwar wieder ein, doch geschieht dies meist zu spät. Aber man ist dann wenigstens halbwegs beruhigt, dass einen das Gedächtnis noch nicht ganz in Stich gelassen hat. Graukopf hat schon von vielen Methoden gehört, mit denen man seiner Erinnerung angeblich schneller auf die Sprünge helfen kann, etwa durch scharfes, gezieltes Nachdenken, durch Beschäftigung mit einem anderen Thema (um das Hirn ungestört weiterarbeiten zu lassen), mit systematischem Durchforsten des Alphabets oder mit dem Versuch, die Vokale des Worts zu rekonstruieren, um einen gesuchten Na-

men wieder einzufangen. Er selbst hat sich verschiedene mnemotechnische Kniffe ausgedacht, um sich seine Geheimzahlen besser merken zu können. Doch diese Einfälle wird er hier lieber nicht ausplaudern.
Der "Große Brockhaus" definiert das Vergessen als "das Schwinden von Bewusstseinsinhalten, das ein absichtliches vollständiges oder teilweises Erinnern derselben verhindert" und schreibt dann, es sei "grundsätzlich ein normaler Informationsverlust bei der Speicherung von Gedächtnisinhalten".
So ist es eigentlich ganz natürlich, dass wir Ereignisse und Einzelheiten aus unserer Vergangenheit im Laufe der Zeit vergessen, stellt Graukopf beruhigt fest. Wahrscheinlich wären wir sonst gar nicht fähig, neue Eindrücke aufzunehmen und zu verarbeiten. Manchmal sind wir sogar froh, dass wir etwas vergessen konnten, sodass es uns nicht mehr belastet und wir nur noch selten daran erinnert werden. "Es ist ein Segen, vergessen zu können", sagt der chinesische Schriftsteller Lu Xun, und er meint damit natürlich nicht die aus dem Gedächtnis entschwundene Geheimzahl der Sparkasse oder den Namen des früheren Kollegen, den man gerade begrüßen möchte.
Doch zuweilen gibt es Ereignisse, die für einen Menschen so belastend sind, dass er sie so schnell wie möglich aus seinem Gedächtnis verdrängen möchte. Und es hilft dabei nicht viel, sich mit Arbeit einzudecken und sich in der Freizeit allerlei Ablenkungen zu suchen. Das unangenehme Ereignis versteht es, sich immer wieder in Erinnerung zu bringen. Man liest z.B. in der Zeitung plötzlich (in ganz anderem Zusammenhang) von dem Ort, an dem die Sache passiert ist, in dem Roman, mit dessen Lektüre man sich gerade zerstreuen möchte, hat eine der Gestalten den gleichen Namen wie die Hauptperson des unangenehmen Vorfalls oder man hört in einem Gespräch, wie

von einer ganz ähnlichen Geschichte berichtet wird.
Das Gedächtnis nutzt alle Möglichkeiten, sich irgendwo mit einer Assoziation einzuhaken und eine Gedankenkette zu bilden, die einem das unliebsame Ereignis schnell wieder in Erinnerung bringt. Graukopf hat dergleichen schon öfter erlebt. Er weiß nur, dass die Gedankenhäkchen im Laufe der Zeit stumpfer werden und der Segen des Vergessens sich allmählich einstellt.
Ebenso wie das Erinnern ist auch das Vergessen eine Fähigkeit, die ihre guten und schlechten Seiten hat. Doch je älter ein Mensch wird, desto eher vergisst er leider neue Ereignisse und desto leichter erinnert er sich an lange zurückliegende Erlebnisse.
Igor Strawinsky bringt die beiden Tätigkeiten in ein freundliches Gleichgewicht, wenn er äußert: "Ich kann wirklich nicht sagen, was schöner ist: das Vergessen oder das Erinnern."

Schnurlos, aber nicht mehr schnurrig

Als sie aufkamen, diese "handlichen schnurlosen Funktelefone", wie der neueste Duden die Handys beschreibt, war Graukopf von den Apparaten fasziniert. Das hängt vielleicht damit zusammen, dass er sie zuerst ganz bewusst erlebt hat, als er vor Jahren auf einer Urlaubsreise in London war und ihm dort immer wieder Geschäftsmänner der City in schwarzem Anzug und Melone auffielen, die an allen möglichen Orten einfach ihren Aktenkoffer hinstellten, ein Handy aus der Tasche zogen und offensichtlich gewichtige Anrufe tätigten, die keinen Aufschub zu dulden schienen.

Graukopf spielte damals mit dem Gedanken, sich auch ein Handy anzuschaffen, nicht weil er so eilige Geschäfte abzuschließen hatte oder immer erreichbar sein musste, sondern nur, um auf diese Weise sein Image zu verbessern. Daher hätte ihm auch eine Attrappe eines solchen Geräts ausgereicht, mit der er irgendwo in der Öffentlichkeit ein Gespräch hätte simulieren und so seine Bedeutung hätte demonstrieren können.

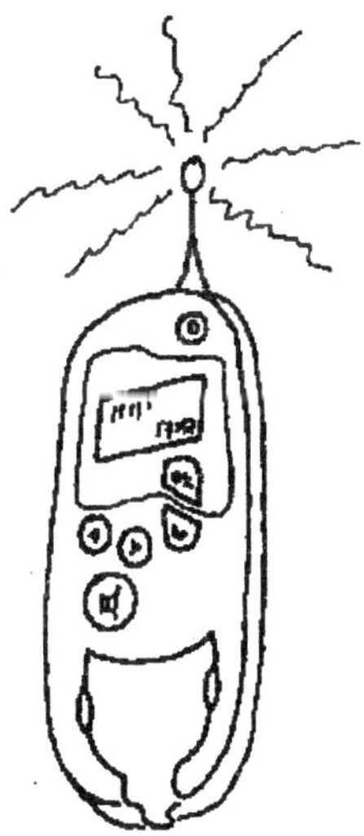

Mittlerweile sind die Handys schon so verbreitet, dass sie für die Umwelt eher lästig geworden sind, und sie erscheinen als ständiges Thema auf Witzseiten und in spöttischen Geschichten. Daher wünscht sich Graukopf inzwischen auch kein solches Prestigeobjekt mehr, aber das Thema "Handy" beschäftigt ihn noch immer, und er macht seine Beobachtungen dazu.

Er vermerkt mit Genugtuung, dass diese Störenfriede an gewissen Orten verboten werden sollen (oder es schon sind), dort nämlich, wo sie nicht nur störend, sondern sogar gefährlich werden, wo sie mit ihren Funkwellen empfindliche elektronische Apparaturen durcheinander bringen können (wie z.B. in Krankenhäusern, in denen es Patienten mit Herzschrittmachern gibt). Im Gottesdienst sowie in Konzerten und bei seriösen Theateraufführungen werden sie glücklicherweise nicht benutzt, in Restaurants und in Cafés dagegen häufig, doch sie wirken auch hier recht störend, deshalb soll es bereits einige handyfreie Lokale geben. Auf der Straße, in Bahnhöfen und auf Flughäfen sind die Handyisten natürlich oft am Werk, aber hier ist der Geräuschpegel sowieso sehr hoch, sodass sie sicher beim Telefonieren Schwierigkeiten haben.
Graukopf hat fast Mitleid mit einem Handybesitzer, der sich in einem Kaffeehaus gerade ein Stück Torte schmecken lässt und außerdem in sehr angenehmer Gesellschaft ist und der dann durch das Piepen seines Quälgeistes gezwungen wird, Unterhaltung und Tortengenuss zu unterbrechen, um sich einem lästigen Anrufer zuzuwenden und inmitten von einem halben Dutzend fremder Menschen seine persönliche Meinung zu irgendetwas darzulegen.
Noch mehr Mitleid hat Graukopf aber mit der Begleitung des Handyisten, die plötzlich durch das Läuten des kleinen Kastens bei ihrem Nachbarn abgemeldet ist und gelangweilt am Tisch sitzt. Ganz amüsiert ist Graukopf immer dann, wenn ein Handybenutzer zum Telefonieren das Stahlbetongehäuse seines Hotels verlassen und auf dem Balkon sein hochwichtiges Gespräch in Hörweite anderer Leute führen muss.
Da Graukopf gern den Handyisten bei ihrer Telekommunikation zuhört (denn wenn sie ihn belästigen, sieht er dies als

rechtmäßige Revanche an), weiß er, dass die Mehrzahl ihrer Gespräche überflüssig ist. Denn welchen Sinn soll es eigentlich haben, wenn jemand dem anderen mitteilt, er gehe gerade da und da am Strande spazieren und das Wetter sei so und so, oder sie stehe jetzt an der Kasse des Großmarktes, habe das und das eingekauft und nun seien noch fünf Leute vor ihr dran. Es mag ja Berufe geben, in denen das Handy sehr nützlich ist (wie etwa für einen Arzt mit Rufbereitschaft oder einen Unternehmer, der verschiedene Baustellen aufsucht), doch Graukopf fände es grässlich, wenn er immer und für jedermann erreichbar wäre, bei allem, was er gerade tun möchte. Er kann sich nur wenige Situationen vorstellen, in denen er sich unbedingt ein solches Gerät wünschen würde, etwa bei einem Skiunfall in einsamer Gegend (aber er läuft ja gar nicht Ski).
Doch zuweilen kann allein die Idee des Handys von Nutzen sein, und man braucht es überhaupt nicht zu besitzen, wie jener Hausherr (von dem Graukopf in einer Zeitungsmeldung las), der von einem Einbrecher bei einer sehr privaten Tätigkeit im kleinsten Raum seines Hauses überrascht wurde. Als der Räuber drohte, ihn dort einzuschließen, erwiderte der Hausherr seelenruhig, das sei ihm egal, er habe sein Handy bei sich und werde gleich die Polizei anrufen. Daraufhin ergriff der Einbrecher schleunigst die Flucht vor einem kaltblütigen Mann, der gar kein Handy besaß.

Die Herrschaft der Zahlen

Die Zahlen werden in Form von Personalnummern, persönlichen Geheimzahlen (PIN), Kennziffern und Leitzahlen immer wichtiger für den modernen Menschen. Zwar hat man die Vor- und Zunamen noch nicht abgeschafft, aber sie werden immer unwichtiger, und Graukopf fürchtet schon, dass er eines Tages eine zwölfstellige Personenkennziffer zugeteilt bekommt.
Der Bankautomat bedient ohne weiteres denjenigen, der die richtige Geheimzahl eingegeben hat, ob er nun der Kunde ist, dem das Konto gehört oder nicht, wohingegen man am Bankschalter nur Geld bekommt, wenn man persönlich bekannt ist und ein Formular mit seinem Namen unterschrieben hat.
Graukopf erinnert sich noch, dass bei der Einführung der Studienstufe versucht wurde, das Wirrwarr bei der Wahl der Fächer und der Zusammenstellung der Kurse für den Computer etwas zu vereinfachen, indem man den Schülern Nummern gab und nur diese (aber keine Namen mehr) in den Listen ausdruckte. Doch zu Recht erhob sich damals ein scharfer Protest der Betroffenen.
Der moderne Bürger hat neben seinem Namen eine Vielzahl von Nummern (Personalnummer, Mitgliedsnummern bei Kassen und Versicherungen, Zugangsnummer zur betrieblichen EDV-Anlage, einen oder mehrere PIN-Codes), während die Computer die Namen oft schon verstümmeln, wenn sie ihnen zu lang sind. Franz Meyer hat damit noch keine Probleme, doch Frau Dr. Gabriele-Ilona Müller-Abromeit findet sich auf einem Ausdruck wahrscheinlich als Müller-Abrom, Gabriele-Ilo wieder.
Auf vielen anderen Gebieten ist die Herrschaft der Zahlen fast schon absolut geworden, z.B. bei Prüfungsergebnissen. Es ist

bei einem Examen ein ziemlich großer Unterschied, ob man mit 2,49 (also "noch gut") oder mit 2,58 ("voll befriedigend") bestanden hat, denn die neun Hundertstel können darüber entscheiden, ob man eine Stelle bekommt oder nicht.

Als Graukopf noch Lehrer war und seinen Schülern wohlformulierte Beurteilungen unter ihre Klassenarbeiten schrieb, welche diese oft nicht einsahen, ging er eines Tages zu einem damals ganz modernen System über und berechnete ihnen die Qualität ihrer Klausuren bis zu zwei Stellen hinter dem Komma, und alle sahen ein, dass eine Arbeit mit dem Ergebnis 3,37 deutlich besser war als eine andere mit 3,51. Doch der Unterschied war nur sehr gering (und vielleicht hatte er in der besseren Arbeit sogar einen Fehler übersehen).

Auch bei den Ergebnissen von Laboruntersuchungen ist die Herrschaft der Zahl diktatorisch. Ein Mensch geht vielleicht ganz munter in die Arztpraxis und erfährt dann, sein Befund liege bei 280, sei also bedenklich hoch, sodass Maßnahmen erforderlich seien, und schleicht bedrückt von dannen. Auch der umgekehrte Fall ist möglich: Der Patient, der sich vorher ziemlich schlecht fuhlte, wandert nun beschwingt nach Hause, weil er den zahlenmäßigen Beweis hat, dass es ihm gut geht. Als Diabetiker hat Graukopf jahrzehntelang unter der Knute der Laborergebnisse gelitten; erst im Alter ist er etwas gelassener geworden, aber er muss sich natürlich weiterhin danach richten.

Bei der Ausdeutung von Wahlergebnissen oder der Daten zum Stand der Arbeitslosigkeit machen sich Parteisprecher und Kommentatoren oft den Glauben an die Beweiskraft von Zahlen zunutze. Besonders nach verlorenen Wahlen werden von den Generalsekretären der glücklosen Parteien verbale Bocksprünge gemacht, um dem Resultat noch etwas Positives ab-

zugewinnen, und zwar durch den Vergleich mit anderen Bundesländern ("das zweitbeste Ergebnis für die Partei in den Landtagswahlen der letzten 15 Monate"), mit länger zurückliegenden Wahlen ("ein besseres Resultat als 1995 und 1991, also ein durchaus positiver Trend") und durch gewagte Prozentberechnungen. Bei den Arbeitslosenzahlen gibt es die absolute Zahl der Erwerbslosen, den prozentualen Vergleich mit dem Vormonat und dem Vorjahr, ferner die Situation in den alten und den neuen Ländern und die entsprechenden Prozentzahlen, was alles sehr verwirrend ist.
Doch neuerdings beginnen sich die Zahlen vielerorts in Strichcodes zu verstecken. Das Preisschild auf einer Ware kann man ohne Scanner nicht mehr lesen, und der im Regal angegebene Preis stimmt ja vielleicht mit dem des Strichcodes nicht überein. Wenn die Menschen erst einmal statt eines Namens eine Nummer erhalten haben, dann – so befürchtet Graukopf – wird man ihnen diese bald als Strichcode auf den Hinterkopf tätowieren (wie er es gerade neulich auf einer satirischen Zeichnung gesehen hat).

Die Esche und die Eiche

Ein Thema, das jeden interessiert, ist das Wetter, denn man ist ihm fast immer und in vielfältiger Weise ausgesetzt. "Wird es heute regnen oder nicht?" fragt sich Graukopf schon morgens, und er entschließt sich dann doch, lieber den Regenschirm einzustecken. "Ist es schon so warm, dass ich ohne Mantel ausgehen kann?" überlegt er, wenn der Frühling gekommen ist. Selbst wenn man nicht das Haus verlässt, ist es einem nicht ganz gleichgültig, ob graues, trübes Wetter herrscht oder der Sonnenschein eine freundliche Stimmung verbreitet.
Mit einer Bemerkung zum Wetter kann jeder mühelos eine Unterhaltung beginnen, und meistens erhält man auch eine Antwort des Gesprächspartners. Die gerade herrschende Witterung ist, wie Graukopf meint, ein Gesprächsstoff, der nur selten Meinungsverschiedenheiten hervorruft. Es verbindet die Menschen, wenn sie darüber reden können, dass es andauernd regnet, dass es viel zu kalt oder unerwartet stürmisch ist.

Wenn sich ein Gespräch jedoch der Wettervorhersage zuwendet, kann es schon viel eher zu einem Streit kommen, was Graukopf bereits häufig erlebt hat, denn es ist noch immer ein schwieriges Unterfangen, das zu erwartende Wetter richtig zu beschreiben. Wir alle wissen, wie oft die täglichen Voraussagen in den Medien nicht zutreffen, trotz der verfeinerten technischen Möglichkeiten der Meteorologen. Manchmal hat Graukopf den Eindruck, diese Wetterpropheten rechnen mit der Vergesslichkeit ihrer Kunden, welche sich schon am nächsten Tage nicht mehr genau erinnern werden, was ihnen vorhergesagt worden war.
Ebenso wie viele andere Menschen (besonders solche, die der

Natur enger verbunden sind und die schon ein gewisses Alter erreicht haben) hat auch Graukopf seine eigenen Kriterien für die Voraussage des Wetters. Er beobachtet die Wetterlage und vermutet aufgrund seiner Erfahrung, wie sie sich zum nächsten Tage weiterentwickeln wird; gelegentlich beruft er sich dabei auf Merkverse und Bauernregeln. Für langfristige Vorhersagen ziehen manche Leute sogar den Hundertjährigen Kalender zu Rate.

Auf solche gewagten Prophezeiungen lässt sich Graukopf eigentlich nicht ein, doch diesmal riskiert er es, einen warmen und relativ trockenen Sommer vorherzusagen. Er hofft, dass die Leser nun seinen Mut bewundern, denn vom Schreiben bis zum Erscheinen dieses Artikels (ungefähr am Sommeranfang) werden noch sieben Wochen vergehen, die vielleicht kühl und regnerisch ausfallen. Sollte dann auch noch der Siebenschläfertag (27. Juni) verregnen, so wäre er als selbst ernannter Wetterprophet völlig blamiert.

Wie ist Graukopf denn überhaupt zu seiner Vorhersage gekommen? Er ging neulich vor der Stadt spazieren und traf am Wegesrand auf zwei Bäume, eine Eiche und eine Esche. Die Blätter der Esche schienen ihm viel größer und weiter entwickelt zu sein, als die der Eiche, und er entsann sich der Bauernregel: "Grünt die Esche vor der Eiche, gibt's im Sommer große Bleiche."

Sein Großvater, der Landwirt in Pommern war, hatte zur langfristigen Wettervorhersage aufgrund dieses Verses eigens eine Eiche und eine Esche nebeneinander auf seinem Hof angepflanzt. Über die Zuverlässigkeit seiner Voraussagen ist aber leider nichts überliefert worden. Und wenn es nun doch ein nasser Sommer wird? Dann ist Graukopf etwas beschämt, weil er vielleicht nicht genau genug beobachtet hat (und er muss ebenso wie die Meteorologen auf das schlechte Gedächtnis seiner Leser hoffen).

Vielleicht stand die Esche ja auf feuchterem Boden, wo sie auch noch windgeschützt war, und nur deshalb grünte sie etwas schneller als die Eiche, die in diesem Jahr eigentlich etwas eher hätte ausschlagen müssen, um den zweiten Teil der Bauernregel zu bewahrheiten: "Grünt die Eiche vor der Esche, gibt's im Sommer große Wäsche."

Das Geheimnis von Wind und Wasser

Kürzlich las Graukopf einen längeren Artikel, der ihm sehr zu denken gab und ihn befürchten ließ, er habe in seinem Leben doch wohl einiges falsch gemacht und hätte mit einfachen Mitteln vielleicht erfolgreicher sein können. Zu dem Thema "Feng Shui (chinesisch: Wind und Wasser) am Arbeitsplatz-Experten helfen, das Büro gemäß der chinesischen Wohnphilosophie einzurichten" riet man ihm (und anderen Schreibtischarbeitern) nämlich, ihren Tisch weit entfernt vom Eingang des Zimmers und möglichst diagonal dazu aufzustellen. Der dort Sitzende müsse den Eingang ungehindert sehen können, damit das "Chi" (die Energie) ungestört fließe. So werde Kontrolle, Konzentration und Autorität bewirkt.
Nachdem er den Artikel gründlich studiert hatte, fiel es Graukopf wie Schuppen von den Augen. Wie erfolgreich wäre er vielleicht geworden, wenn er das alles bei der Einrichtung seines Arbeitszimmers schon gewusst hätte. Doch sein Zimmer hatte nicht einmal annähernd die Ausmaße der Büros auf den Planskizzen des Artikels, die wohl eher für leitende Manager als für einen Lehrer gedacht waren, und seine Möbel waren eckig und nicht abgerundet, was für den ruhigen und kräftigen Fluss des "Chi" unbedingt nötig sei, wie er jetzt erfuhr. Aber das Schlimmste war, dass er jahrzehntelang mit dem Rücken zur Tür gesessen hatte. So könne sich das "Chi" nicht richtig entfalten; der Mensch sei feindlichen Übergriffen ausgesetzt, und dies führe zu Konzentrationsmangel und Stressängsten.
Doch trotz seines falsch eingerichteten Arbeitszimmers war er eigentlich nicht ganz erfolglos gewesen, wunderte sich Graukopf. Aber da fiel ihm ein, dass er höchstens die Hälfte seiner Arbeitszeit an seinem heimischen Schreibtisch verbracht hatte.

(So sieht es ja auch das Finanzamt bei der bekannten Entscheidung über die Lehrerarbeitszimmer.)
Ja, in der Schulklasse, an der Wandtafel stehend oder hinter dem Lehrerpult sitzend mit freiem Blick auf die Tür und den Klassenraum, da hatte er allein durch diese günstige Position "Kontrolle, Konzentration und Autorität" erreicht, denn auf diese Weise konnte das "Chi" – wie die Feng-Shui-Berater versichern – ungestört fließen.
Allerdings bezweifelt Graukopf, dass in einer Klasse mit dreißig äußerst lebendigen Schülerinnen und Schülern nur "die harmonisch fließende Raumenergie ... für Kreativität, Konzentrationsfähigkeit und Energie sorgt". Da muss wohl noch etwas anderes hinzukommen. Sonst müsste man – wenn die Beachtung der Feng-Shui-Philosophie weiter um sich greifen sollte – nicht nur die Richtlinien für den Schulbau revidieren, sondern auch die Handbücher für Pädagogik und Unterrichtslehre neu schreiben. Es wäre fortan darauf zu achten, spitze Formen und eckiges Mobiliar zu vermeiden und die Elemente Holz, Feuer, Erde, Metall und Wasser sowie die Farben in ihrer unterschiedlichen Bedeutung angemessen zu berücksichtigen.
Es gibt sogar schon unternehmende Geschäftsleute, die auf Feng Shui setzen. In Hamburg hat sich Graukopf gerade ein großes Sportgeschäft angesehen, das (wie ein Werbeprospekt des Hauses mitteilt) nach den Erkenntnissen der chinesischen Wohnphilosophie eingerichtet ist. Dem unwissenden Graukopf fiel dort zwar kaum etwas Besonderes auf, doch als er eine Verkäuferin befragte, wies sie ihn auf die abgerundeten Formen der Säulen und der Ladentische, auf die ausschließlich verwendeten sanften Naturfarben und das Vorherrschen des Goldtons hin. Angeblich soll das verwendete Farbmaterial sogar angenehm riechen, was der Besucher aber nicht fest-

stellen konnte. Und auf die Frage: "Wo fließt denn hier das "Chi"?" bekam er nur einen erstaunten Blick, aber keine rechte Antwort.
Möglicherweise geht es dem cleveren Hamburger Geschäftsmann ja vor allem um den Fluss des Mammons, der hier besonders elegant und reichlich um den runden Ladentisch in die Kassenschublade fließen soll.
Aber wahrscheinlich hat Graukopf die Wohnphilosophie noch nicht richtig verstanden und müsste sich eins der über achtzig Bücher über Feng Shui besorgen, die es auf dem Markt gibt, oder die Dienste eines Feng-Shui-Beraters in Anspruch nehmen, die jedoch ziemlich teuer sein sollen.
Mit der Wirkung von Wind und Wasser müsste der Küstenbewohner Graukopf ja eigentlich ohne Lehrbuch zurechtkommen, und er vermutet, dass es sich bei dieser Philosophie, die jetzt so in Mode gekommen ist, doch nur um Schall und Rauch handelt.

Als Kirchenwächter in St. Nicolai

Seit mehr als anderthalb Jahren lebt Graukopf bereits im Ruhestand. Obwohl er sich mittlerweile an diese Daseinsform gewöhnt hat und sich dabei nicht langweilt, übernimmt er zuweilen gern kleine Pflichten, bei denen er Umgang mit Menschen hat. Daher ist er während der Sommermonate mit seiner Frau an einem Vormittag als Kirchenwächter in St. Nicolai tätig.

Es ist sehr sinnvoll, die schöne Eckernförder Kirche mit ihren Kunstwerken in der Reisezeit den Touristen (und auch den Einheimischen) zu öffnen, denn es ist enttäuschend, wenn man von dem sehenswerten Innenraum einer Kirche gelesen hat und sich dann vor einer verschlossenen Tür wiederfindet. Außerdem gibt es immer Besucher, die auf einer Bank sitzend einige Minuten innehalten und ein Gebet sprechen möchten oder die in dem modernen Dornbuschleuchter von St. Nicolai eine Kerze anzünden wollen.

Wenn Besucher hereinkommen, beobachtet Graukopf, ob sie als Normaltouristen den Kirchenraum durchwandern oder ob sie häufig stehen bleiben und sich vielleicht sogar aus einem Handbuch informieren. Bei solch überdurchschnittlichem Interesse tritt er näher und bietet weitere Erklärungen an. Ein guter Ausgangspunkt für ein Gespräch ist oft das kleine Kirchenmodell links vom Eingang, das die Baugeschichte von St. Nicolai darstellt.

Nicht immer befinden sich Besucher im Kirchenraum (obwohl Graukopf am Ende des Vormittags oft darüber staunt, wie viele Leute gekommen sind). Dann sitzt der Wächter gern auf seinem Lieblingsplatz in der drittletzten Bank links neben einem der dicken Backsteinpfeiler und schaut auf den Altar und die

Kanzel, die Meisterwerke der Holzschnitzerfamilie Gudewerdt, oder er sinnt darüber nach, wo in dieser Kirche denn wohl der legendäre Graf von Saint-Germain begraben worden ist.
Die große Heßler-Orgel ist für viele Besucher einer der Hauptanziehungspunkte. Manchmal hat man das Glück, dass das gewaltige Instrument auch zu hören ist, wenn die Organistin gerade eine Übungsstunde abhält. Doch die Orgelempore ist ein geheiligter Bezirk (mehr noch als der Altarraum, den in St. Nicolai jeder Besucher betrachten kann). Man muss mindestens Chormitglied sein, um dort hinaufsteigen zu dürfen.

Zuweilen gibt es für Graukopf, den Kirchenwächter, eine Gelegenheit zu kurzen persönlichen Gesprächen mit Besuchern, so etwa mit einem Rentner, der seiner Frau nach 57 Jahren die Kirche zeigen wollte, in der er im Kriege als Matrose vereidigt worden war, oder mit der alten Dame aus der Schweiz, die, im Rollstuhl sitzend, in Begleitung ihrer Tochter St. Nicolai besichtigte und die zur Freude Graukopfs französisch redete, sodass er sich wieder einmal in dieser Sprache unterhalten konnte.

Manchmal erscheinen Kinder ganz alleine in der Kirche. Ein kleines Mädchen aus der zweiten Klasse, das mit seiner Familie Urlaub in Eckernförde machte und mit dem Graukopf sich unterhalten hatte, kam später nochmals mit seinen Eltern, um ihnen zu zeigen, was es in St. Nicolai alles zu sehen gibt. Ein anderes Mal hatten sich drei Eckernförder Erstklässler in einer Kirchenbank niedergelassen, und Graukopf hörte sie leise mutmaßen, wo hier Gott wohne und warum Joseph (!) aufgehängt worden sei. Da kam in dem Kirchenwächter doch wieder der Lehrer zutage. Er begann ein Gespräch mit den dreien und erklärte ihnen, dass die Gestalt am Kreuz Jesus heiße und wie er gestorben sei.

Eines Vormittags hatte der Wächter eine erstaunliche Begegnung. Ein Herr, mit einer großen Mappe unter dem Arm und mit der Kirche offensichtlich ganz vertraut, wanderte im Altarraum umher und schaute sich um. Graukopf trat näher, und der Fremde nickte ihm zu und stellte sich vor: "Teufel". Der Kirchenwächter erschrak, aber nur kurz, denn es war der bekannte Fotograf Heinz Teufel, der überlegte, wie er den Gudewerdt-Altar für einen neuen Fotoband noch besser ins Bild setzen könnte.

Ein besonderes Erlebnis war es für Graukopf, als während der Kieler Woche eine Gruppe von polnischen Studenten, die mit

ihren beiden Lehrern St. Nicolai besichtigten, anfragten, ob sie hier einige "alte Kirchenlieder" singen dürften. Nachdem sie, im Chorraum stehend, mit ihren jungen, gut geschulten Stimmen drei Werke in lateinischer Sprache vorgetragen hatten, erhielten sie begeisterten Beifall von den Kirchenbesuchern, die gerade anwesend waren und aufmerksam zugehört hatten.
Wenn die Wächterstunden vorbei sind, wandert Graukopf ganz zufrieden heimwärts. Er hat einen kleinen Dienst geleistet und dabei auch Zeit zur Besinnung gefunden; außerdem ist er anderen Menschen begegnet und hat Gelegenheit gehabt, mit ihnen zu reden. So war es für ihn in seinem Ruhestandsdasein ein sinnvoller Vormittag.

Die gestohlene Frühlingsstunde

"Herzlich tut mich erfreuen die fröhlich Sommerzeit ..." heißt es in einem Volkslied, und dieser Aussage kann Graukopf zustimmen, wenn damit nicht gerade jene besondere Sommerzeit gemeint ist, die schon kurz nach Frühlingsanfang beginnt und die er nicht leiden kann, nämlich "die im Sommerhalbjahr gegen die Einheits- oder Zonenzeit in positiver Richtung verschobene Uhrzeit" (s. Brockhaus Enzyklopädie).

Diese amtlich verordnete Zeitumstellung ist älter, als man vielleicht vermutet. Sie wurde in Deutschland schon in den beiden Weltkriegen praktiziert und ist auch in anderen Ländern bereits länger üblich. Für Graukopf haftet dieser Maßnahme etwas Zwanghaftes an, seit er ihre Einführung im Zweiten Weltkrieg miterlebt hat (insbesondere die Erweiterung auf die "doppelte Sommerzeit", d.h. die Verschiebung um zwei Stunden). Es erschien ihm daher ganz natürlich, dass im Jahre 1949 nach dem Ende des Krieges und der Rückkehr zum normalen Leben die Sommerzeit wieder abgeschafft wurde.

Nach der Ölkrise feierte diese Idee fröhliche Urständ. Die Begründung, man könne auf diese Weise das Tageslicht besser ausnutzen und Energie sparen, erschien ja sehr überzeugend, doch seit dem EG Report von 1990 ist dieses Argument ziemlich stumpf geworden. Der Energiespareffekt der Sommerzeit beträgt nämlich nur rund 0,5%! Was übrig bleibt, ist nur die Freude mancher Leute an einem scheinbar längeren Tag. Sollen diese Menschen doch früher aufstehen, statt von der gesamten Bevölkerung zweimal im Jahr das lästige Uhrenverstellen zu verlangen, denkt Graukopf.

Nach einer Umfrage des Wickert-Instituts sind es nicht mehr als 30 % der Deutschen, die sich auf diese besondere Sommerzeit freuen; fast ebenso viele (28 %) drehen (manchmal oder regelmäßig) bei der Umstellung die Zeiger in die falsche Richtung. Die Statistiken der Gesellschaft für Schlafforschung, die an den Tagen nach der Zeitumstellung mehr Verkehrsunfälle als üblich nachweisen, das Argument der "inneren Uhr", welche sich nicht so schnell wie ein Armbanduhr umstellen lässt, und die Klagen über die Mühsal, im Frühling und im Herbst in einem Haushalt mindestens ein halbes Dutzend Uhren neu einstellen zu müssen, hat man wohl schon zu oft gehört, als dass es noch etwas nützen könnte. Die Deutsche Vereinigung der Sommerzeit-Gegner kämpft mit ihren 300 Mitgliedern wohl leider auf verlorenem Posten.

Also werden wir am 26. März um 2 Uhr unsere Chronometer wieder eine Stunde vorstellen: nur die Glücklichen, die eine Funkuhr besitzen, haben diese Mühe nicht. Wir verzichten damit freiwillig auf sechzig Minuten unseres Frühlings, die uns erst Ende Oktober, also mitten im Herbst (!) zurückgegeben werden.

Die Zeitumstellung ist eine Zwangsmaßnahme und ein Zeitdiebstahl. Dieses wurde Graukopf zuerst deutlich, als sein Sohn als kleiner Junge das Ereignis einmal bildlich dargestellt hat. Die weggenommene Stunde hatte er als tortenstückartigen Kreissektor gezeichnet, der in einer Art Vogelbauer eingesperrt und erst später wieder frei gelassen wurde.

Mit der zurückerstatteten Frühlingsstunde kann im Herbst niemand mehr etwas anfangen. Wer am 29. Oktober nachts mit dem Zug auf Reisen ist, muss diese lästige Stunde an irgendeinem Haltepunkt abbummeln, und bei ganz wichtigen Zeitangaben wie Geburten muss zwischen 2.15 A und 2.15 B (eine Stunde später) unterschieden werden. Nachdem die herbstliche Zeitumstellung vom September auf den Oktober verschoben worden ist, leben wir nur noch fünf Monate des Jahres in der richtigen, der astronomischen Zeit. Länger als die Hälfte des Jahres aber ist unsere Uhrzeit vorgedreht, was Graukopf zu dem Schluss kommen lässt, dass wir wahrscheinlich in einer verdrehten Welt leben.

Vor den Wahlen, im Kriege und nach der Jagd ...

Wieder einmal steht uns eine bedeutsame politische Wahl bevor, und die Medien teilen ihrem Publikum schon seit längerem mit, in wie vielen Monaten, Wochen oder Tagen dieses Ereignis stattfinden wird. Es ist wie der Countdown in ein neues Zeitalter, noch sieben, noch sechs, noch fünf Wochen bis zum Wahltag. Eigentlich sollte Graukopf, der politisch sehr interessiert ist, sich in dieser Zeit besonders wohl fühlen, denn der Wahlkampf ist der einzige Zeitraum, in dem das Volk der Wähler von denen, die es regieren (und auch gerne weiter regieren möchten) noch halbwegs ernst genommen wird.
Doch kürzlich las er in einem bekannten Nachrichtenmagazin schon auf der Titelseite den Aufmacher "Der verlogene Wahlkampf", welcher im Inneren des Blattes zu der Überschrift "Schwindeln für die Urne" abgewandelt wird. Graukopf grämte sich bei der Lektüre des Artikels, weil er bisher gehofft hatte, wenigstens in den Wochen vor der Wahl von den Politikern ernst genommen zu werden, doch wer jemanden beschwindelt, tut dies ja eigentlich nicht.
Gewiss haben auch früher die Kandidaten ihre Wähler werbewirksam mit Unwahrheiten eingelullt, und je bedeutsamer (und gewichtiger) ein Gewählter dann geworden ist, desto länger werden ihm seine Lügereien vorgehalten. Gut haben es in dieser Hinsicht nur diejenigen, welche nicht so erfolgreich abgeschnitten haben und nicht die politische Verantwortung tragen, denn bei ihnen ist es nicht mehr so wichtig, was sie einst versprochen haben.
Die Wahlkämpfer wagen es diesmal nicht, den Leuten die Wahrheit zu sagen, behauptet das Nachrichtenmagazin, denn die Wähler würden nur verschreckt, wenn man von notwendi-

gen Reformen spräche und etwa geplante Steuersätze oder heraufzusetzende Preise bekannt gäbe. Dennoch hört Gaukopf die Kandidaten bei allen möglichen Gelegenheiten in den Medien lange und lautstark reden; sie bieten dabei allerdings weniger Daten und Argumente als vielmehr flotte Sprüche und unterhaltsame Gags. Bei den Wahlveranstaltungen erscheinen heutzutage sowieso meist nur Parteifreunde und Anhänger des Redners; Auseinandersetzungen mit Andersdenkenden in einer Diskussion (wie sie früher häufig vorkamen) gibt es kaum noch, und eine Fernsehdiskussion der Hauptkontrahenten werden wir diesmal wohl auch nicht erleben.
Es kommt denWahlkampfstrategen offensichtlich nicht mehr darauf an, die Wähler mit den besseren Argumenten und neu-

en Ideen zur Zukunftsbewältigung zu überzeugen, sondern es geht nur darum, ihnen eine Show zu inszenieren, ihre Gefühle zu mobilisieren und ihnen das Bild eines "Winners" zu präsentieren, auf den man sie dann fixieren will. Diesmal soll

(und wird womöglich) der bessere Filmstar gewinnen. Da die Hauptkandidaten ja (noch immer) ausschließlich Männer sind, wird Graukopf deshalb seine Frau um Rat fragen müssen, welcher von ihnen bei ihr das bessere Image hat.
Da nach der Ansicht des Nachrichtenmagazins nun alle Parteien (und ihre Kandidaten) im Wahlkampf der Wahrheit mehr oder weniger aus dem Wege gehen (und aufgrund seiner Lebenserfahrung glaubt auch Graukopf dies), wird man wohl den Kandidaten wählen müssen, der einen auf die angenehmste (oder eine neuartige) Weise beschwindelt und dem man noch am ehesten trauen möchte. Wer das ist, darüber gibt es sicher unterschiedliche Meinungen (und Graukopf wird seinen Favoriten hier natürlich nicht nennen).
Übrigens: "Vor den Wahlen, im Kriege und nach der Jagd ...", dies sind laut Bismarck die Gelegenheiten, bei denen am meisten gelogen wird. Der alte Reichskanzler kannte die drei Situationen genau und muss es daher wissen. Und wir erkennen erstaunt, dass es dieses Politikerlaster schon ziemlich lange zu geben scheint.

Der Taler und der Pfennig

"Wer den Pfennig nicht ehrt, ist des Talers nicht wert." Dieses Sprichwort ist allgemein bekannt, es wird aber wohl nicht mehr ganz ernst genommen. Für Graukopf und seine Altersgenossen hatte es in der Jugend noch eine gewisse Wahrhaftigkeit, weil man für den einzelnen Pfennig damals etwas bekommen konnte, einen Bonbon oder eine andere Kleinigkeit, und weil es deshalb noch einleuchtender war, auf Pfennigbeträge zu achten, damit daraus Markstücke würden, die früher natürlich ebenfalls viel mehr wert waren. Der Taler (= drei Mark) war auch damals schon eine historische Münze und kein Zahlungsmittel mehr.

Durch den sinkenden Geldwert ist der Pfennig inzwischen fast bedeutungslos geworden. Es soll viel teurer sein, ihn zu prägen, als er wert ist. Graukopf wundert sich, wie ernst er trotzdem noch auf Preisschildern und in Rechnungen genommen wird. Bei einer stattlichen Liquidation über 325,01 DM oder 754,99 DM ist er immer über den absonderlichen Betrag amüsiert und möchte eigentlich den einen Pfennig nicht zahlen oder die 99 Pfennige auf eine Mark aufrunden. Er tut es dann aber doch nicht, um nicht die ganze Tagesabrechnung eines Betriebs durcheinander zu bringen.

Niemand mag zu viele von den kleinen Kupfermünzen in seinem Portemonnaie haben; sie belasten nur die Börse, und man wird sie schlecht wieder los. Welcher Ladenbesitzer lässt sich schon gerne einen dieser Reklamepreise von z.B. 2,99 DM ganz passend in Münzen bezahlen? Lieber nimmt er drei Markstücke entgegen und gibt einen harmlosen Pfennig zurück. In vielen Geschäften gibt es bereits Sammelbüchsen für wohltätige Zwecke, in welchen man sein unerwünschtes Klein-

geld unterbringen und sich sogar noch als Spender fühlen kann.
Dass der Pfennig nun wirklich zu einer Belanglosigkeit geworden ist, zeigen jene mit Pfennigmünzen gefüllten Sammelschalen, welche Graukopf schon öfter auf Ladentischen und an Kassen gesehen hat. Hier kann man überflüssige Kupfermünzen ablegen oder, wenn einem gerade eine oder zwei davon beim Bezahlen fehlen, daraus entnehmen, um den genauen Betrag zusammenzubekommen. Ein Teller zum Ablegen von Markstücken wäre sicher immer leer.
Jedoch erfreut sich der eine Pfennig, den viele Geschäftsleute von einem geforderten Betrag abziehen, großer Beliebtheit. Überall kann man in der Werbung Preisangaben wie "nur 1,99 DM" oder "zu unserem Aktionspreis von 8,99 DM" finden, weil die Werbestrategen hoffen, der Kunde werde nur an den akzeptablen Markbetrag denken, und sich nicht klar machen, dass er doch fast noch eine ganze Mark mehr zu bezahlen hat.
Bückt man sich heutzutage noch, wenn man einen Pfennig auf der Straße liegen sieht? Graukopf täte es wohl nicht mehr, weil er mittlerweile fauler und unbeweglicher geworden ist, obwohl er sich früher immer darüber gefreut hat, eine Münze zu finden. Wenn man jetzt noch einen Pfennig aufhebt, tut man es sicher nicht mehr wegen seines Wertes, sondern weil man ihn als "Glückspfennig" in seinem Portemonnaie aufbewahren möchte.
Ob es noch junge Mädchen gibt, die Pfennigstücke sammeln, um damit später ihre Brautschuhe zu bezahlen? Graukopf weiß es nicht, doch er hält es für ziemlich unwahrscheinlich. Um Pfennige bemühen sich eigentlich nur noch jene Computergangster, von denen man schon in der Zeitung gelesen hat,

wie sie mit einem Programmierungstrick von Tausenden von Konten Pfennigbeträge abbuchen und ihrem eigenen Geheimkonto gutschreiben lassen. Das lohnt sich schon eher, aber es heißt ja immer "crime doesn't pay."
In anderthalb Jahren braucht sich Graukopf keine Gedanken mehr darüber zu machen, ob er den Pfennig noch ehren soll oder nicht. Die gute alte Kupfermünze wird dann ja abgeschafft und durch den "Cent" ersetzt (und die Mark wird zum "Euro"). Dann wird der Pfennig eine ebensolche historische Münze werden, wie es der Taler jetzt schon ist.
Unser Sprichwort wird dann in Vergessenheit geraten, denn im Jahre 2002 wird niemand sagen: "Wer den Cent nicht ehrt, ist des Euro nicht wert."

Es stinkt wirklich nicht

"Non olet" (Es stinkt nicht) soll der römische Kaiser Vespasian zu seinem Sohn Titus gesagt haben, als er ihm das erste Geld unter die Nase hielt, das er durch die Besteuerung der Bedürfnisanstalten eingenommen hatte. Ob Vespasian diese nützlichen Anstalten auch als erster hat bauen lassen, ist nicht ganz sicher, aber die Idee, mit solchen Einnahmen den Staatshaushalt zu sanieren, stammt von ihm, und sein Ausspruch ist allgemein bekannt geworden.

In Frankreich heißen Bedürfnisanstalten für Männer noch immer "vespasiennes". Einige dieser altertümlichen Häuschen aus Gusseisen und mit jugendstilartigen Verzierungen hat Graukopf noch in Paris gesehen. Auch in Berlin konnte man gleich nach dem Krieg noch derartige Gebäude finden; sie waren ebenfalls nur den Männern vorbehalten und hatten innen Emailleschilder mit Verhaltensvorschriften, die mit der Aufforderung endeten, "vor dem Verlassen der Anstalt ... die Kleider zu ordnen".

Die öffentlichen Toiletten tragen nun seit langem der Gleichberechtigung Rechnung. Eine besondere Steuer wird für diese Einrichtungen wohl nicht erhoben, aber ganz ohne Geld kommt man meistens doch nicht aus, wenn man sie benutzen will. Die Männer sind allerdings noch immer im Vorteil, weil sie weniger zur Kasse gebeten werden; die absolute Gleichstellung der Frauen ist hier also noch nicht erreicht worden. Nur auf dem Hamburger Hauptbahnhof hat Graukopf bisher die Gleichbehandlung beider Geschlechter auf diesem Gebiet erlebt: Der Zugang zum Toilettenraum ist – bei Damen wie Herren – nur durch den Einwurf eines Fünfzigpfennigstückes in die eiserne Drehtür zu erreichen.

In unserer mobilen Zeit ist das Bedürfnis für diese Einrichtungen weit größer als früher, und Innenstädte, Verkehrsknotenpunkte und Touristikanlagen sind im allgemeinen ausreichend mit Toiletten ausgestattet. Einmal ist Graukopf jedoch auf ein großstädtisches Einkaufszentrum mit Dutzenden von Geschäften und Hunderten von Menschen gestoßen, in welchem kein öffentliches WC zu finden war. Die Dame an der Information bestätigte ihm diesen Missstand und verwies auf die Toiletten der Restaurants des Zentrums. Dieser unfreundliche Ort ist übrigens das Europa-Center im Westen Berlins; im Sophienhof in Kiel war die Lage anfangs ganz ähnlich, allerdings hat man dort diesen Fehler inzwischen korrigiert.
Doch ist es Graukopf schon passiert (und dies geschieht immer häufiger), dass eine Toilette, die er aufsuchen wollte, abgeschlossen war, sodass er sie entweder überhaupt nicht betreten konnte oder zuerst irgendwo den Schlüssel abholen musste. Dafür ist die Benutzung dieser Örtlichkeiten (wenn man erst einmal Einlass gefunden hat) kostenlos, und alles ist dort recht sauber. Bei anderen öffentlichen Toiletten kann man in dieser Hinsicht nie sicher sein, was einen in der Kabine erwartet, nachdem man sich durch den Einwurf eines Geldstücks den Zutritt verschafft hat. Die Schilderung dessen,was der Autor auf diesem Gebiet bereits alles erlebt hat, verbietet sich allerdings an dieser Stelle.
Am liebsten sind Graukopf noch immer jene öffentlichen Toiletten, in denen eine Wärterin (oder ein Wärter) sich um Sauberkeit und Ordnung kümmert und dafür einen Obolus erwartet, den die Benutzer dann auch gerne zahlen. In den neuen Bundesländern ist diese Art der Betreuung von WCs noch häufiger anzutreffen als in den alten Bundesländern, in denen man dagegen häufiger technischen Schnickschnack

findet wie Plastikfolien auf den Klosettbrillen, deren automatische Desinfizierung oder gar kleine Wandtafeln, auf denen man mit der bereitgestellten Kreide seiner Lust zu Zeichnungen oder Inschriften frönen kann.
Zuweilen trifft Graukopf auf eine dieser fast idyllischen Bedürfnisanstalten, in denen sich zwischen der Damen- und der Herrentoilette ein Raum für die Wärterin befindet, der wohnlich ausgestattet ist mit einem Sessel, einem Tisch mit Decke, einem Radio und oft auch mit einer Kochplatte, und in dem sie neben ihrem Dienst ein privates Leben führen kann.
In den Sommermonaten trifft man diese Frauen häufig vor ihrem Privatgemach im Freien an, unter einem Sonnenschirm in einem Gartenstuhl sitzend, mit einer Handarbeit beschäftigt und von Radiomusik unterhalten, und man kann von ihnen Auskunft über Land und Leute erhalten.
Es ist fast überflüssig zu erwähnen, dass diese Toiletten absolut sauber und stets mit Seife und Handtuch ausgestattet sind und keinerlei üble Gerüche absondern. Und die Münzen, welche die Besucher dann gern auf den Teller legen, stinken auch nicht.

Schlange stehen einst und jetzt

Manchmal gibt es sie noch, die Schlangen. Nein, nicht die in Wald und Feld, die listiger sind als alle anderen Tiere und die auch seltener geworden sein sollen, sondern die Menschenschlangen, besonders die auf der Straße vor den Geschäften. In seiner Jugend hat Graukopf sie oft gesehen, während des Krieges oder in den Hungerjahren danach, als man vor den Läden häufig lange anstehen musste, bevor man einige der knappen Lebensmittel zu kaufen bekam.

Zwar haben die Menschenschlagen noch überlebt, doch sind sie heutzutage meist nicht mehr so lang, und man trifft sie jetzt nicht mehr vor den Türen von Bäckereien, Fleischereien oder Kaufmannsläden, sondern an den Kassen der Supermärkte, vor den Bankautomaten oder an den Kino- und Konzertkassen, wo die Leute ihre Einkäufe bezahlen, sich mit Bargeld versehen oder Karten für einen Superfilm oder den Auftritt einer Topband besorgen wollen. Besonders lange Schlangen gibt es in den Freizeitparks, wenn die Besucher einen Pauschalpreis bezahlt haben und nun die Hauptattraktionen der Anlage möglichst oft benutzen wollen.

Die Menschenschlangen von damals würden sich (wenn sie denkende Wesen wären) sehr wundern über ihre Artgenossen von heute und die nichtigen Anlässe, aus denen sie entstehen. Graukopf erinnert sich noch, wie er im Herbst 1945 Teil einer langen Schlange vor einem Berliner Bäckerladen war. Es hatte sich nämlich herumgesprochen, der Bäcker habe amerikanisches Weizenmehl und es würden an jenem Tage Schrippen von Vorkriegsqualität verkauft. Das hatte viele Leute zu stundenlangem geduldigen Warten auf die Straße gebracht.

Die längste Schlange, die ihm in den letzten Jahren begegnet

ist, endete in der Kieler Holstenstraße und reichte bis zur Ostseehalle. Sie bestand aus aufgeregten Teenies, die sich danach sehnten, zu einem Konzert der Backstreet Boys in die Halle eingelassen zu werden.
An manchen Orten verhindert man das Entstehen von Schlangen, indem man an die Wartenden Nummern ausgibt und so eine Reihenfolge herstellt, gewissermaßen eine Warteschlange in abstrakter Form. Diese Methode wurde früher in Frankreich auch an Bushaltestellen praktiziert, während man es in England gewohnt ist, in einer langen Reihe aufgestellt ganz geduldig auf seinen Bus zu warten, ein Verhalten, das in Deutschland noch immer kaum anzutreffen ist (trotz der pädagogischen Bemühungen mancher Schulen).
Auch wenn die Menschenschlange nur kurz ist, so wartet doch niemand gern, bis er endlich an der Reihe ist. Sofern es mehrere parallele Schlangen gibt wie im Supermarkt, auf dem Postamt oder an Fahrkartenschaltern, versucht man natürlich die günstigste herauszufinden. Das muss aber nicht immer die kürzeste sein, wie auch Graukopf schon erkannt hat. Vielleicht gibt es in dieser Supermarktkassenschlange gerade Kunden mit besonders voll beladenen Einkaufswagen, oder es hat jemand vergessen, seine Gemüsetüte abzuwiegen, oder die Kassiererin ist nicht gerade die schnellste.
Neulich ist Graukopf (der ja eigentlich genug Zeit hat) auf dem Postamt zwischen zwei Schlangen von minimaler Länge hin- und hergesprungen, weil er immer den Eindruck hatte, bei der anderen schneller zum Ziele zu kommen. Er hat zweimal die Schlange gewechselt und sich zweimal dabei geirrt, weil es schwer vorauszusagen ist, ob jemand nur Briefmarken kaufen will oder ob er eine umfangreiche Einzahlung zu tätigen hat, einen Luftpostbrief in ein fernes Land aufgeben möchte oder

ob es ihn gar drängt, eine komplizierte Beschwerde vorzutragen.
An manchen Orten bilden sich keine Warteschlangen, sondern eine ungeordnete Menschenmenge drängt voran, bis das Ziel erreicht ist. Dies beobachtet Graukopf immer wieder bei der Garderobenausgabe nach einer Theateraufführung, manchmal an der Sektbar in der Konzertpause oder (dies kennt er allerdings nur aus dem Fernsehen) bei der Öffnung der großen Geschäfte am ersten Tage des Schlussverkaufs. Bei solchen Gelegenheiten kann man ahnen, was der englische Philosoph Thomas Hobbes meinte, als er sagte: "Der Mensch ist dem Menschen ein Wolf." Das Warten in einer Schlange ist dagegen schon eine äußerst zivilisierte Verhaltensweise.

"Bücherwurms" Freuden

Solange Graukopf zurückdenken (und lesen) kann, hat er zu Weihnachten immer Bücher geschenkt bekommen. Ein Festtag ohne Buchgeschenke wäre für ihn ein trauriger Tag, denn er ist nun einmal ein Bücherwurm. Diese Bezeichnung mag er zwar nicht so gern, aber da er täglich in einem Buch liest und er – sofern keins zur Hand ist – Entzugserscheinungen zeigt und nicht zu genießen ist, muss er sich den Spitznamen wohl gefallen lassen.

Selbst während des Krieges ist es seinen Eltern immer gelungen, ihm zum Weihnachtsfest wenigstens eins oder zwei dieser ersehnten Geschenke zu besorgen. Dies war in den folgenden Jahren noch schwieriger; 1945 und 1946 konnte sein Vater Lesestoff nur aus einem Berliner Antiquariat beschaffen. Auch 1947 und 1948 gab es (bis zur Währungsreform) kaum neue Bücher zu kaufen; die seltenen Exemplare waren auf Zeitungspapier gedruckt und schlecht eingebunden, heute würde sie wohl niemand haben wollen. Aber man konnte sie lesen und sich spannend unterhalten und damit die armselige Gegenwart für eine Weile vergessen.

Die damalige Knappheit an Büchern kann man sich heute angesichts der übervollen Buchhandlungen kaum noch vorstellen. Gerade in der Vorweihnachtszeit, wenn die Frankfurter Buchmesse Unmengen von Neuerscheinungen auf den Markt gebracht hat, ist der Besuch in einem Bücherladen besonders interessant. Jedenfalls gibt es für Graukopf (eigentlich das ganze Jahr über) kein größeres Vergnügen, als sich in einem der Büchersupermärkte der Landeshauptstadt umzusehen.

Dort kann er Druckerzeugnisse, von denen er schon gehört hat, etwas näher kennen lernen oder auf andere stoßen, die ihm noch völlig unbekannt sind. Er fühlt sich dann wie auf einer geselligen Veranstaltung, auf der er alte Freunde wiedertrifft, mit denen er sich aber nicht weiter befasst (im Gegensatz zu den Menschen nehmen die Bücher das keineswegs übel), auf der er flüchtige Bekanntschaften vertieft, indem er – auf einem bequemen Sofa sitzend – in dem Buch einige Seiten liest oder Neuentdeckungen macht, denen er sich zunächst nur kürzere Zeit widmet, während er mit ihnen an einem Auslagetisch steht, in ihnen blättert und sich so einen ersten Eindruck bildet.

Doch Graukopf geht auch gerne in eine der kleineren Buchhandlungen seiner Heimatstadt, und er weiß den Vorteil der begrenzten Auswahl dort durchaus zu schätzen. In diesem Fall besucht er gewissermaßen eine Bücherparty in kleinerem Rahmen, auf der er jedoch den meisten alten Bekannten wieder begegnen kann. Er findet auch hier alle Gattungen von Lektüre vor; er ist aber nicht in Gefahr, sich in der Bücherfülle zu verlieren, und er kann sich daher schneller entscheiden. Außerdem kann er erste Bekanntschaften aus den Büchersupermärkten der Großstadt vertieten, indem er eine Einladung (vielleicht zu Weihnachten) ausspricht, nämlich nun ein Buch bestellt.

Das ausgiebige Herumstöbern in den Büchermärkten in der Vorweihnachtszeit garantiert einen wohl überlegten Wunschzettel zum Weihnachtsfest. Graukopf und seine Frau sind schon seit längerem dazu übergegangen, sich fast nur noch gewünschte, also bestellte Bücher zu schenken. Die Notwendigkeit, sich in den Wochen nach dem Fest durch unwillkommenen Lesestoff fressen zu müssen, behagt dem Bücherwurm nicht und hat in der Vergangenheit oft zu Klagen und Missstimmung geführt.

Mit dem Heiligen Abend ist Graukopfs Vorrat an neuer Lektüre dann für Wochen gesichert. Beim Lesen eines spannenden Romans, eines fesselnden Sachbuchs oder der Biographie eines interessanten Menschen kann er wieder in eine andere Welt eintauchen und das Hier und Jetzt für einige Zeit vergessen.

Auch wenn er das Buch beiseite gelegt hat, entlässt ihn die fremde Welt nicht völlig aus ihrem Bann. Dieses Lesevergnügen begleitet ihn schon fast sein ganzes Leben lang, und er möchte es nicht missen.

Was ist Kunst? Oder: Der Rahmen ist das Bild

Neulich war Graukopf nachmittags in der Landeshauptstadt, und da er noch eine Stunde Zeit hatte, beschloss er, etwas für seine Bildung zu tun und eine kleine Ausstellung zweier Künstler zu besuchen. Als er erwartungsvoll eine lange Treppe hinaufgestiegen war, sah er zunächst auf großen, farbigen Tafeln Schreibübungen, darunter den geheimnisvollen Titel der ersten Ausstellung "Soda", und er fand es ganz lobenswert, dass sich noch jemand Mühe gibt, leserlich zu schreiben.
An einer Wand des großen Ausstellungsraumes sah er dann einige Dutzend dieser Farbtafeln, alle mit kurzen Texten beschrieben. Manche von ihnen beeindruckten ihn durch ihre Sprachspielerei, z.B.: "Fische schon gefangen – lange abgehangen – an langen Stangen – gewendet mit scharfen Zangen", andere beunruhigten ihn durch ihren unheilverkündenden Inhalt, z.B: "die Zeichen stehen auf Alarm – etwas geht noch – dann stürzt das Gerüst", wieder andere erweckten angenehme Erwartungen, z.B: "leg dich hin – und schließ die Augen – damit der Vorhang – sich zur Nacht öffnet". Die Texte gefielen Graukopf, aber als Bilder mochte er die Farbtafeln nicht bezeichnen. Im Ausstellungsführer las er, der Betrachter könne sich das Gesamtbild der Farbflächen ansehen "oder aber sich auf die Texte konzentrieren". Nun war er beruhigt; er hatte es wenigstens zur Hälfte richtig gemacht.
Ganz verzagt wegen seines mangelnden Kunstverständnisses wurde er wieder vor einer langen Aufreihung von Schwarzweißfotografien von Bibliotheksansichten und Buchseiten an einer anderen Wand. Wollte man diese Fotos überhaupt vorzeigen, so sollte man sie in einem dicken Album sammeln und

nur für Interessenten hervorholen, dachte Graukopf, dem der moderne Kunstverstand hier wohl wieder fehlte. Doch er fand es nett, dass er sich auf einem Stuhl an einem Tisch niederlassen durfte, obwohl dieses alte Büchereimobiliar Teil der "Installation Lese-Terminal" war. Noch nie hatte er bisher in einem Kunstwerk sitzen dürfen. Er meinte jetzt, die moderne Kunst sei manchmal doch etwas Feines.

Nun ging Graukopf in die Räume, in denen der zweite Künstler seine Werke ausgestellt hatte, und zwar unter dem Titel "Leere Versprechungen, hast Du gesagt". Wieder war er sehr gespannt. Es handelte sich größtenteils um Rahmen verschiedener Ausmaße und Machart, die ohne Inhalt an den Wänden hingen. Hierzu las er im Ausstellungsführer, er müsse, wenn er nach einem Bild suche, "zu dem Schluss kommen: der Rahmen ist das Bild". Er musste dem unbekannten Gesprächspartner des Künstlers jetzt Recht geben, weil er die Rahmen "leere Versprechungen" genannt hatte.

Dann erblickte Graukopf die letzte "Anlage" (wie alle diese Kunstwerke genannt werden), und er betrachtete sie aufmerksam und versuchte, sie zu verstehen. Es waren zwei Stapel mit je vier Kisten Bier, die etwa zwei Meter voneinander entfernt und in Höhe der untersten Kästen durch ein straff gespanntes Gummiband verbunden waren. Graukopf schaute sich die obersten Kisten genauer an und entdeckte, dass die linke etwa ebenso viele volle wie leere Flaschen enthielt, während sich in der rechten nur noch eine volle Flasche befand. Er staunte und war überzeugt, dass zwischen beiden Kistenstapeln ein starker Spannungszustand herrschen musste. Auch waren dies keineswegs nur leere Versprechungen, denn es gibt für Graukopf kaum ein lockenderes Versprechen als eine Flasche Bier (obwohl er die in der "Anlage" verwendete Marke nicht recht mag).

Beim Hinausgehen musste Graukopf noch immer an die vollen Bierflaschen denken. Was würde aus ihnen werden, und wer durfte ein Kunstwerk austrinken? Oder hätte er sich vielleicht dort selbst bedienen können, ebenso wie er im "Lese-Terminal" auf einem Stuhl hatte sitzen dürfen? Aber dann wäre jetzt ein Teil des Kunstwerks in seinem Innern, und er würde es wohl nicht verdauen können. Die Ausstellung selbst war ihm ja schon auf den Magen geschlagen, und er fragte sich ganz mutlos, ob er es je lernen würde, moderne Kunst richtig zu verstehen.

Über Läuse, Fliegen und Schmetterlinge

Das Wort "Insekt" vermittelt uns die Vorstellung von etwas Hässlichem, schreibt der Engländer Robert Lynd in der ersten Hälfte des Jahrhunderts in seinem Essay "Warum wir Insekten hassen", den Graukopf kürzlich nochmals gelesen hat. Um seine These zu stützen, berichtet der Autor zunächst ausführlich von Spinnen, Küchenschaben, Flöhen, Wanzen und Läusen, muss aber, nachdem er Wespen, Bremsen, Motten, Heuschrecken, Ohrwürmer und Fliegen erwähnt hat (nur Mücken und Ameisen scheint er nicht zu kennen), schließlich zugeben, dass es auch entzückende Exemplare gibt wie die Biene, den Marienkäfer und den Schmetterling. Diese drei müssen, wie er meint, schon im Paradiese gewohnt haben, bevor die Schlange und Beelzebub dort aktiv wurden.

Inzwischen werden die Insekten wohl nicht mehr so allgemein gehasst, auch wenn man die meisten Arten nicht gerade liebt. Diese veränderte Einstellung liegt wahrscheinlich daran, dass man in den vergangenen Jahrzehnten mit modernen Insektiziden einen Vernichtungsfeldzug gegen diese Lebewesen geführt hat, sodass viele Arten dezimiert worden sind. Graukopf glaubt allerdings nicht, dass irgendjemand die Abwesenheit von Wanzen, Läusen und Flöhen ernsthaft bedauert, und er ist froh, dass er nicht (wie damals in der Flüchtlingszeit) über einen Tisch gebeugt die Kopfläuse aus seinen Haaren herauskämmen und anschließend beseitigen muss. Auch Fliegen sind heutzutage in einer modernen Wohnung relativ selten anzutreffen, während sie früher in Schwärmen die Küchen und Esszimmer bevölkerten, sodass man ohne Gewissensbisse mit Fliegenfängern und -klatschen gegen sie Krieg führte.

Das ökologische Bewusstsein hat dazu geführt, dass man den

Feldzug gegen die Insekten nicht mehr um jeden Preis weiterführt, und man hat inzwischen erkannt, dass es unter diesen Lebewesen viele Nützlinge gibt, sodass verständige Leute nicht mehr aus einem grundlosen Insektenhass jedes dieser Tiere, das sich in ihre Nähe verirrt hat, ohne zu zögern erschlagen. Zu der veränderten Haltung mag, wie bei Graukopf auch, bei manchen anderen Albert Schweitzer mit seiner Losung von der "Ehrfurcht vor dem Leben" beigetragen haben, der lange vor der ökologischen Bewegung schon in diesem Sinne seinen Einfluss geltend gemacht hat.

Doch was tut nun der insektentolerante Graukopf, der die meisten diese Tiere nicht gerade liebt, wenn sie in seinem Hause auftauchen und sein Wohlbefinden beeinträchtigen, wenn also Wespen ihn beim Essen des Marmeladenbrötchens beunruhigen, Brummer abends die Lampe umkreisen und ihn beim Lesen stören, Mücken nachts seine Frau umschwirren und stechen und Spinnen sie zutiefst erschrecken? Dann versucht er, sie einzufangen, nach draußen zu befördern und dort freizulassen.

Meistens gelingt ihm dies ganz gut, indem er am Fenster, auf dem Tisch oder an der Wand ein Wasserglas über das Insekt stülpt, dann ein Stück festes Papier darunterschiebt und anschließend seinen ungebetenen Gast hinausbringt. Im Laufe der Zeit haben Graukopf und seine Frau auch auf diesem Gebiet eine Arbeitsteilung entwickelt: Jeder befasst sich mit der Gattung, die ihn bzw. sie am meisten stört: Er übernimmt die Wespen und Bienen, die Fliegen und Brummer, sie die Spinnen und die Mücken. Bei den seltener auftretenden Insektenarten (Küchenschaben, diversen Käfern und Grashüpfern) muss derjenige tätig werden, der das Tier entdeckt hat.

Nicht immer gelingt das Rettungswerk, und manchmal kommt

Zorn über ein stechendes oder unbelehrbares Insekt hinzu. Dann – Graukopf muss es zugeben – versagt bei ihnen Albert Schweitzers Parole. Bei den Menschen sind eben die verschiedenen Insekten nicht gleichermaßen beliebt. Doch gibt es für Graukopf und seine Frau kaum ein schöneres Vergnügen, als im Garten eine Libelle umherschwirren zu sehen, einen Schmetterling auf einer Blüte zu beobachten oder einer Hummel beim Honigsammeln zuzuschauen.

Sag mir, wo die Männer sind ...

Vor ungefähr fünf Monaten besuchte Graukopf eine Wahlveranstaltung, auf der einige ihm aus der Zeitung und dem Fernsehen bekannte Persönlichkeiten zu dem interessierten Publikum sprechen wollten. In einem überfüllten Lokal sah er an einem Tisch folgende Personen sitzen: eine Ministerpräsidentin, eine Bundestagskandidatin, eine Landtagsabgeordnete und eine Bürgermeisterkandidatin; außerdem waren da noch ein Landesminister und der Leiter der Gesprächsrunde.

Graukopf staunte still vor sich hin, als er sich klar machte, dass an dem Podiumstisch die Frauen mit Zweidrittelmehrheit vertreten waren. "Sag mir, wo die Männer sind, wo sind sie geblieben?" ging ihm eine Strophe eines bekannten Chansons durch den Sinn. Unter den Zuhörern sah man sie jedoch in großer Zahl sitzen und stehen; manche staunten vielleicht ebenso wie er selbst.

Einige Wochen später sollte in der Stadt ein neuer Bürgermeister gewählt werden, und Graukopf dachte wieder an seinen Schlagertext, denn diesmal waren die Männer gänzlich verschwunden; eine Bewerberin kandidierte gegen eine zweite Anwärterin. Der einzige (männliche) Kandidat hatte nicht einmal die zur Aufstellung erforderliche Anzahl von Unterschriften beibringen können.

Graukopf ist nun sicher kein Macho wie jene, die bei der Wahl die Stimmabgabe verweigerten, weil ihnen kein männlicher Bewerber präsentiert wurde, aber wundern musste er sich schon. Die Männer sind heutzutage zwar nicht vom Erdboden verschwunden, aber ihre Bedeutung ist sichtbar im Rückgang begriffen, und das nicht nur, weil es inzwischen Gleichstellungsbeauftragte gibt und man sich in Parteien und Gremien um paritätische Besetzung der Ämter bemüht. So einfach ist das nicht zu erklären; das Heraufziehen eines Zeitalters der Frauen (wie es Eckhardt Kowalkes Nixe am Strande symbolisiert) muss noch andere Gründe haben.

Graukopf erinnert sich noch an sein erstes, fast ungläubiges Staunen, als er vor etwa zehn Jahren (damals war er noch Lehrer am hiesigen Gymnasium) zufällig feststellte, dass es in den Eingangsklassen seiner Schule neuerdings mehr Mädchen als Jungen gab. Diese Erscheinung ist mittlerweile zur Regel geworden und beginnt, sich auch in den Listen der Abiturienten abzuzeichnen. Es gelingt jetzt also mehr Mädchen als Jungen, sich eine qualifizierte Bildung zu erwerben, und dieser Trend wird möglicherweise noch stärker werden.

Auch auf anderen Gebieten begegnet man einer größeren Aktivität und Leistungsbereitschaft der Mädchen, während die Jungen dort weniger engagiert sind als früher. Die Jugendredaktion unserer Zeitung z.B. bestand bis vor kurzem nur aus Mädchen, was nicht immer so war. (In der Seniorenredaktion sind erfreulicherweise noch beide Geschlechter etwa gleich stark vertreten.) In einem Kirchenkonzert in St. Nicolai sang der Jugendchor ein dreistimmiges Werk "Laudate pueri" (Lobet, ihr Knaben), doch die Ausführenden waren paradoxerweise ausschließlich Mädchen.

Graukopf meint, dass beim Hineinwachsen in unsere sich verändernde Gesellschaft, die in zunehmendem Maße vaterlos wird, die Mädchen besser zurechtkommen als die Jungen. Es scheint ihnen besser zu gelingen, die ihnen gebotenen Möglichkeiten der Bildung und Selbstverwirklichung zielstrebig zu nutzen, während die Jungen zu oft dazu neigen, die heutigen liberaleren Auffassungen zu ihrem eigenen Schaden auszunutzen, woran man sie kaum hindern kann.

Doch vielleicht hat Graukopf nicht genau genug beobachtet, wie gut seine Geschlechtsgenossen noch überall ihren Mann stehen, oder aber er kann sich nicht mehr so schnell an Neues gewöhnen. Er ist jedoch noch lernfähig. Während seiner letzten Dienstjahre hatte er bereits eine Chefin, mit welcher er (der sich nicht für einen Chauvi hält) gar nicht schlecht gefahren ist. Und kürzlich hat er doch tatsächlich bei der Wahl einer Bürgermeisterin mitgewirkt.

Zwischen Routine und Einkaufszettel

Einmal in der Woche darf Graukopf im Supermarkt die notwendigen Einkäufe für die Familie machen. Er hat diese Aufgabe freiwillig übernommen, um noch aktiv am praktischen Alltagsleben teilzunehmen und nicht der Vorstellung zu entsprechen, die manche von einem typischen Ruheständler haben, der gemütlich zu Hause im Sessel sitzt, die Zeitung liest und herummeckert. Um es ganz genau zu sagen, hat Graukopfs Frau ihm von den beiden wöchentlichen Einkäufen den weniger wichtigen am Wochenanfang überlassen; den zweiten zum Wochenende macht sie nach wie vor selbst. Anfangs hat sie ihn natürlich genau instruiert, wie er was und wo zu kaufen und worauf er zu achten habe.

Inzwischen hat er seine Lehrzeit längst hinter sich und ist bei den Besorgungen selbstständiger und sicherer geworden. Er weiß, dass Obst und Gemüse besonders kritisch auf Frische und Reife zu prüfen und entsprechend auszuwählen sind, dass es bei fast allen Artikeln unheimlich viele Sorten gibt und man – wenn die Lieblingsmarke nicht zu finden ist – den besten Ersatz aussuchen muss, dass Eier auch in den Pappschachteln zerbrochen sein oder am Boden festkleben können, dass Butter nicht gleich Butter und EG-Qualität kein besonderes Gütezeichen ist, dass Käse verschiedene Reifegrade haben kann, auch die Joghurtbecher ein Verfallsdatum aufweisen und die Preise auf den Etiketten nicht immer stimmen.

Doch Graukopf muss gestehen, dass er noch immer einen Einkaufszettel benutzt, den ihm seine Frau aufschreibt. Dies vermeidet späteren Ärger, wenn er (ohne Gedankenstütze) vielleicht doch etwas vergessen haben sollte. Er besitzt aber die Prokura, vom Zettel abzuweichen, wenn dort offensichtlich etwas fehlt oder falsch notiert worden ist. Die meisten Einkäufe erledigt er ganz routiniert, doch ab und zu konsultiert er den Zettel in einer ruhigen Ecke des Markts, denn er mag nicht unselbstständig wirken. Deshalb freut er sich immer, wenn er auch Frauen mit einem Notizzettel sieht. Bevor er zur Fleischabteilung geht, prägt er sich genau ein, was er besorgen soll, denn hier gibt es Verkäuferinnen, vor denen er möglichst sicher auftreten möchte.

Nach der Fleischabteilung ist das meiste schon erledigt, denn im Non-Food-Bereich hat er nicht mehr viel zu besorgen. Nun kommt für Graukopf eine Erholungsphase. Er geht zu den Zeitschriften, schaut sich die Schlagzeilen und die Titelseiten der Illustrierten an und nimmt wegen der Sensation des Tages die Bildzeitung zur Hand und blättert darin (was man eigentlich nicht tun soll). Dann naht als stressiger Abschluss das Bezahlen an der Kasse. Besonders schlimm ist es, wenn er an ein leeres Laufband kommt und die Waren schnell aufladen muss, während die ungeduldige Kassiererin gleich die Preise einzutippen beginnt. Schließlich kommt die Frage: Wieviel hat er zu bezahlen? Und: Reicht der Geldschein aus, den er bereithält? Manchmal reicht er nicht, und Graukopf fängt später an zu grübeln, woran das wohl wieder gelegen hat.

Zuallerletzt sind noch Brötchen zu kaufen, was aber nicht schwierig ist, denn er hat immer dieselbe Auswahl zu besorgen: Zwei Mohn, ein Sesam, ein Weltmeister. Eine nette Verkäuferin weiß das schon, und er kann es sich leisten zu sagen: "Wie üblich!" Oder: "Für 2,55 DM!" Aber nicht jede hat Sinn für einen solchen kleinen Spaß.

Graukopf kann es allen Ruheständlern nur empfehlen, sich diese Aufgabe zuzulegen und – sofern sie darin noch ungeübt sind – sich diese neue Selbstständigkeit zu erwerben. Es ist für

ihn ein gutes Gefühl, als verantwortlicher Einkäufer durch den Markt zu gehen und nicht nur als Einkaufswagenschieber und Begleiter.
Geradezu mitleidig betrachtet er nun jene Männer, die er zuweilen ratlos mit fast leerem Wagen durch die Gänge schleichen sieht, weil sie – wegen Krankheit oder Abwesenheit ihrer Frau – nun zum ersten Mal selbst einkaufen müssen.

In einem grünen Kleide

Das Umweltbewusstsein, das in den letzten drei Jahrzehnten bei uns erwacht ist, hat nicht nur dazu geführt, dass man sich bemüht, in der Tierwelt die Arten zu erhalten, sondern es wirkt sich auch auf die Pflanzenwelt aus. Nicht jedes Gewächs, das am Wegesrand sprießt, wo es nach traditionellen Vorstellungen eigentlich nichts zu suchen hat, wird gleich als Unkraut ausgerupft. Man ist jetzt eher geneigt, Wildkräuter (ein Ausdruck, der Graukopf allerdings noch immer etwas fremd ist) wachsen zu lassen, sofern sie nicht irgendwelche Kulturpflanzen am Gedeihen hindern.

Vor fünfzig Jahren waren in einem Getreidefeld immer andere Gewächse zu finden; diese waren zwar unerwünscht, aber ganz ausmerzen konnte man sie damals nicht. Zumindest für den Spaziergänger bot ein Kornfeld mit rotem Mohn und blauen Kornblumen einen schönen Anblick, an den sich Graukopf gern erinnert. Mit der Entwicklung der chemischen Unkrautbekämpfungsmittel wurde dieses Problem des Ackerbaus beseitigt. Die unkrautfreien Felder waren des Landwirts Freude, doch diese Entwicklung war ökologisch bedenklich.

Seit einigen Jahren kann man wieder Kornblumen, Mohn und andere Wildblumen an den Feldrändern finden, weil immer mehr Landwirte auf die Nutzung der Herbizide verzichten und manchmal auch einen Randstreifen des Ackers unbestellt lassen als Freiraum für die Wildkräuter. Manche von ihnen haben sogar (als Ausgleich für die hochkultivierten Felder) einen kleinen Teil ihres Landbesitzes zu einem Biotop umgestaltet, wo die ursprüngliche Vegetation wieder zu ihrem Recht kommen kann.

Bei den meisten Gartenbesitzern verhält es sich ähnlich wie bei den Landwirten. In einem sorgfältig angelegten Beet mag man natürlich keine Beikräuter dulden, schon allein deshalb, weil sie den Gemüsepflanzen oder den Blumen Licht und Kraft rauben. Aber wo es möglich ist, lässt man jetzt eher einige Gewächse stehen, die man früher sicher ausgerissen hätte. Der Rasen der Graukopfs z.B. enthält manches Wildkraut, das weiterwachsen darf; beim Löwenzahn ist es allerdings strittig, wie weit er dort zu dulden sei.

Der Löwenzahn ist für Graukopf das Musterbeispiel eines schönen Wildkrauts, wenn im Frühjahr an den Wegrändern und auf denWiesen seine leuchtenden gelben Blüten erstrahlen und Lebensfreude verbreiten. Und es ist erstaunlich, wo man dieser durchsetzungsfähigen Pflanze überall begegnen kann. Sie kämpft sich sogar durch Spalten im Straßenbelag und blüht zuweilen mitten in einer schwarzen Asphaltfläche.

Es ist zwar richtig, dass ein mit Rosen bepflanzter Straßenstreifen am Südstrand von anderen Gewächsen frei gehalten werden muss, um den Blumen das Wachstum zu ermöglichen, doch mit den blühenden Rapspflanzen sahen die Beete im Frühjahr auch ganz hübsch aus. Es ist nur zu hoffen, dass die Rosen zwischen Bundesstraße und Ostsee gedeihen; wenn nicht, werden die Wildkräuter dies sicher schaffen.

Bei seinen Gängen durch die Stadt sind Graukopf hier und da kleine grüne Oasen aufgefallen, die ihren eigenen Reiz haben. Neben einer Telefonzelle am Exer gedeihen zum Beispiel neben dem langweiligen grauen Telefongehäuse ein Busch Kamille und ein kleiner Holunder (diese Pflanze ist ein weiteres Beispiel für ein lebenstüchtiges und hübsches Wildgewächs). Die Steine des Straßenpflasters an der Nicolaikirche sind teilweise mit niedrigem Gras umwachsen, das ein hübsches grünes Muster bildet.

Im Hafengelände würde er sich jedoch über mehr Grün freuen, das dort mancherlei sperrmüllartiges Zeugs überdecken und die trostlose steinerne Ödnis des Pflasters etwas aufhellen könnte. Einen grünen Hag, der am Rande aus kleinen Büschen und Kräutern von selbst entstanden war, hätte man eher verstärken sollen, als ihn ordnungshalber zu beseitigen, wie es Graukopf gerade neulich beobachtet hat.
Eine wahre Freude ist es dagegen für ihn, den "Grünen Weg" entlangzuwandern, der seinem Namen wirklich Ehre macht mit den zu beiden Seiten des Fußweges munter wuchernden Kräutern, Büschen und Bäumen. Rechts kann er noch den Bahnhof sehen (und welche Stadt hat schon einen Bahnsteig mit einem Rasen und Bäumen?) und links das neu angelegte, einfallsreiche Biotop.
Hier gilt so recht die Zeile aus Paul Gerhardts Kirchenlied: "... das Erdreich decket seinen Staub mit einem grünen Kleide", denkt Graukopf und wünscht sich noch mehr von solchem Grün.

Auf der Suche nach einem Drittland

Seit dem 4. Juni sucht Graukopf ein Drittland, das nicht zu weit von Eckernförde entfernt ist und zu dem man eine Tagestour unternehmen kann. Wieso braucht er ein Drittland? Er lebt doch in der Bundesrepublik Deutschland, einem großen Lande (das sich aber viel leichter als andere in Brüssel über den Tisch ziehen lässt), und im Norden ist Dänemark ganz nahe. Aber das Königreich ist kein Drittland, und er ist diesem Lande neuerdings nicht so wohlgesinnt (den Niederlanden übrigens auch nicht).

Also welches ist das nächste Drittland? – Helgoland! Es ist zwar eine Insel und gehört zu Deutschland, aber es ist trotzdem ein Drittland – zollrechtlich gesehen. Man kann dorthin eine Tagestour machen und nach wie vor Spirituosen, Zigaretten, Kaffee, Schokolade und andere schöne Dinge zollfrei einkaufen. Die Insel gehört zollamtlich gar nicht zur Europäischen Union. Glückliche Helgoländer!
Norwegen ist ein richtiges Drittland, denn seine Bevölkerung war klug genug, dem Eintritt in die EU nicht zuzustimmen, und Polen ist es auch, jedenfalls solange die EU das Land nicht in die Gemeinschaft aufnimmt. Doch beide Länder sind von Eckernförde zu weit entfernt für eine Tagestour mit den jetzt arbeitslosen Butterschiffen, was Graukopf sehr bedauert.
Daher werden wir uns an der Ostseeküste wohl von den Butterfahrten verabschieden müssen. Das in letzter Minute noch

entdeckte Schlupfloch der achtstündigen Stichfahrten wird von den Fahrgästen nicht so recht angenommen und wurde in Eckernförde gerade geschlossen. Eigentlich war der Termin ja seit 1991 bekannt, nur hat niemand geglaubt, dass es ernst damit werden könnte. Und die Politiker haben alles getan, die Hoffnung auf ein Fortbestehen dieses harmlosen Vergnügens am Leben zu erhalten, allen voran die Landesmutter und der neue Kanzler. Sie können aber wohl kaum geglaubt haben, ihr Einsatz für die Butterfahrten würde in letzter Minute noch Erfolg haben.

Die Ergebnisse der Europawahl sind zwar für die Bundes- und die Landesregierung sehr peinlich, doch die ferne Eurokratie in Brüssel werden sie wenig beeindrucken, fürchtet Graukopf. Und die sehr hohe Wahlenthaltung, mit der die meisten Wahlberechtigten zeigen wollten, wie wenig sie Europa interessiert, wird schnell vergessen sein. Die meisten von ihnen wussten sicher nicht, dass die EU-Behörden einen eigenen Duty-free-Laden haben, in welchem die dort Beschäftigten weiterhin steuer- und zollfrei einkaufen dürfen.

Graukopf ist sehr betrübt darüber, dass nun viele Arbeitsplätze verloren gegangen sind und dass die flotten weißen Butterschiffe irgendwo vor Anker liegen und verrosten müssen, vielleicht auf einem Schiffsparkplatz in einer ruhigen Bucht wie damals während der Ölkrise die nutzlosen Öltanker. Und es ist sehr schade, dass in den acht Jahren seit 1991 niemand eine zündende Idee gehabt hat, wie man nach dem 30. Juni 1999 die Butterfahrten hätte weiterführen können. Nur ein Mensch mit Phantasie hatte einen Einfall (den aber keiner ernst genommen hat), nämlich jener Bundestagsabgeordnete, der vor etwa einem Jahr vorschlug, eine ausgediente Bohrinsel in der Ostsee zu verankern und zur neuen Anlaufstelle der Butterschiffe

zu machen.
Die Idee ist gar nicht schlecht, findet Graukopf, sie sollte nur noch etwas weitergeführt werden. Eine alte norwegische Bohrplattform bekäme man sicher fast geschenkt. Man müsste sie an einem Ort der Ostsee verankern, an dem sie von Flensburg ebenso wie von der Lübecker Bucht in einer Tagestour angesteuert werden könnte. Die norwegische Nationalität sollte das Eiland gleich behalten, man müsste es für seine neue Aufgabe nur ein wenig umbauen und verschönern. Eine britische Bohrinsel würde sich wegen der Nationalität nicht so gut eignen, doch könnte man sie in Dienst stellen und dann der Republik Polen zum Geschenk machen. Es ist doch nicht zuviel verlangt, aus Gründen der Gleichbehandlung auch für die Ostsee ein "Helgoland" zu fordern.
Mittlerweile ist das Aus für die Butterfahrten, wie wir sie kannten und gern hatten, schon geschehen, und wir waren nicht darauf vorbereitet. Hätten wir doch jenem einfallsreichen Abgeordneten zugehört, der wenigstens eine originelle Idee hatte. Graukopf ist beschämt, dass auch er diesen Einfall damals so wenig ernst genommen hat, dass ihm sogar der Name des MdB entfallen ist. Wenn er den Vorschlag jenes wackeren Mannes rechtzeitig auf der Seniorenseite der EZ propagiert hätte, wäre es ihm vielleicht gelungen, die Ostseeküste aus den Angeln zu heben.

Silvester-Pendler statt Millenniums-Flug

Als Graukopf noch ein kleiner Junge war, der in die Grundschule ging und den Kalender und unsere Zeitrechnung gerade einigermaßen verstanden hatte, faszinierte ihn der damals noch sehr ferne Beginn des nächsten Jahrhunderts. Er stellte Berechnungen an, wie alt er dann wäre und ob er diesen Zeitpunkt überhaupt noch erleben würde. Außerdem fragte er sich,wie man dann wohl die Jahreszahlen angeben würde, zwanzighunderteins oder zweitausendundeins?
Inzwischen sind wir dem neuen Jahrhundert schon sehr nahe gekommen und rechnen nur noch in Jahrtausenden (was auch viel imposanter ist). Doch ganz so schnell werden wir das neue Jahrtausend noch nicht erreicht haben. Eigentlich müssen wir noch rund dreizehn Monate warten, denn das zweite Jahrtausend endet nicht vor dem 31.12.2000, und erst dann beginnt eine neue Ära. Jeder halbwegs mathematisch gebildete Mensch wird Graukopf darin Recht geben müssen, aber wahrscheinlich nur sehr unwillig. Man würde ihn als kleinlichen Rechthaber ansehen, wenn er darauf bestehen sollte, dass man die Jahrtausendwende erst in einem Jahr feiern dürfe. Andererseits ist die Geburt Christi von den Kalendermachern wahrscheinlich um sechs Jahre zu spät angesetzt worden, sodass wir uns vielleicht schon längst im dritten Jahrtausend unserer Zeitrechnung befinden.
Die Zahl 2000 übt zur Zeit eine derartige Faszination aus, dass man mit vernünftigen Überlegungen sowieso nicht dagegen ankommen kann. Also muss auch Graukopf wohl bei den Feiern zur Begrüßung des Jahres 2000 mitmachen, obwohl er doch eigentlich zu diesem Zeitpunkt eine ferne und ganz einsame Gegend aufsuchen wollte, wo möglichst wenig Allotria

um diesen Termin gemacht wird. Aber wohin sollte er entfliehen, wenn sich doch die ganze Welt schon im "Millenniumsfieber" befindet? Und wenn er nicht aufpasst, wird er womöglich einen zu schnellen Flug (vielleicht in der "Concorde") buchen und wäre dann dazu verurteilt, den Jahreswechsel gleich zweimal zu erleben (Abflug in Paris am 01.01.00 um 0.14 Uhr, Ankunft in New York am 31.12.99 um 21.59 Uhr!)
Es empfiehlt sich überhaupt nicht, gerade zu diesem Jahreswechsel unterwegs zu sein, wegen des Y2K (=Year 2000) Problems nämlich. Wie jeder weiß, besteht die Gefahr, dass die Computer zu diesem Zeitpunkt verrückt spielen, obwohl alle maßgeblichen Leute immer wieder behaupten, man habe alles im Griff und es werde sich nichts Schlimmes ereignen. Dennoch wird die Deutsche Bahn kurz vor Mitternacht alle Züge anhalten und erst im neuen Jahr weiterfahren lassen (als reine Vorsichtsmaßnahme, wie es heißt). Und im fernen Asien soll die Regierung eines sehr großen Landes den Direktoren der nationalen Fluggesellschaft befohlen haben, den Jahreswechsel an Bord eines ihrer Flugzeuge in der Luft zu verbringen.
Graukopf wird also den großen Augenblick in seiner Heimatstadt verbringen. Doch er wird nicht zu Hause bleiben, um die im Haushalt versteckten Kleincomputer zu überwachen, ob sie denn alle ihren Dienst tun. Und wenn er ausgegangen ist, kann er – sofern das eigene Auto wegen des zusammengebrochenen Bordcomputers nicht weiterfährt und auch der Stadtbus stehen bleibt – immer noch zu Fuß heimgehen. Er wird auch eine Taschenlampe mitnehmen für den Fall, dass die Straßenbeleuchtung ausfällt.
Denn es sind zur Begrüßung des Jahres 2000 große Dinge in der Stadt geplant. Es fällt ihm schwer, sich zwischen den Ver-

anstaltungen zu entscheiden. Soll er nun in das Festzelt auf dem Rathausmarkt gehen, sich eine Karte für die Stadthalle kaufen oder zwischen dem Ratssaal und der St.Nicolai-Kirche hin und her pendeln? Nur den Millenniums-Sekt, den die Kirche zum Jahreswechsel am Hafen ausschenkt, den darf er sich nicht entgehen lassen, denn dessen Wirkung reicht sicher noch bis zum nächsten Jahreswechsel, wenn am 1. Januar 2001 das dritte Jahrtausend so richtig beginnt.

Aber am nächsten Morgen, am 01.01.00 wird man feststellen, dass alles so gut oder so schlecht geblieben ist wie vorher, vielleicht sogar noch ein wenig bescheidener. Denn an diese seltsame Kurzform der neuen Jahreszahl muss man sich erst einmal gewöhnen.

Es bleibt schließlich nur noch ein Trost: Das neue Jahrtausend beginnt in Wahrheit ja erst in zwölf Monaten, und dann wird sicher alles wirklich ganz anders werden.

Automatenpause – der computerfreie Tag

Neulich kommt Graukopf vormittags in sein Geldinstitut, um sich dort selbst zu bedienen, wie man es ihm inzwischen angewöhnt hat: ausgefüllte Überweisungsformulare abgeben, einen Kontoauszug drucken und (mittels Scheckkarte und Geheimnummer) dem Automaten etwas Bargeld entlocken. An den Tischen der Kundenbetreuer und überall im Raum stehen an diesem Tag erstaunlich viele Menschen herum. Graukopf wundert sich nicht so sehr, denn es ist ja der erste Tag des Monats, daher also diese vielen Leute. Oder sollte das Geld etwas knapp geworden sein, nachdem die Europäische Zentralbank gerade die Leitzinsen erhöht hat?
Seine Überweisungen wird er noch los; das Prinzip ist ja auch einfach: Er braucht sie nur in einen Kasten mit Schlitz zu stopfen. Aber der Kontoauszugsdrucker ist "nicht bereit", auch seine anderen mechanischen Kollegen sind es nicht. Na, es geht auch mal ohne Kontoauszug, denkt Graukopf, doch er braucht dringend Bargeld, denn "Geld regiert die Welt", wie es im Sprichwort heißt. Aber auch der Herr Geldautomat will ihn nicht bedienen, trotz korrekt eingesteckter Scheckkarte und richtig eingegebener Geheimzahl. Er gibt es ihm sogar schriftlich auf dem Display: "Auszahlung auf Ihre Karte nicht möglich." Was soll das denn heißen? Hat Graukopf sein Konto überzogen? Wird seine Bonität angezweifelt? Warum stellt sich diese einarmige Bandit so schwierig und qualifiziert ihn persönlich mit der Wendung "Ihre Karte" ab? Sind die anderen Karten etwa besser?
Graukopf muss sich also an den Schaltern anstellen und wird wie früher bedient: Ein Auszahlungsformular wird ausgefüllt, von ihm unterschrieben und von der Angestellten gegenge-

zeichnet. Dabei erfährt er, dass an diesem Vormittag wegen eines Kabelschadens die elektronischen Verbindungen zwischen der Zentrale in Kiel und den Computern aller Zweigstellen im Lande zusammengebrochen sind. Ob denn noch genug Bargeld vorhanden sei, fragt er bedenklich. Doch, wird er beruhigt, er werde den von ihm verlangten Betrag schon bekommen.

Dann muss er sich in einer langen Schlange an den Kassenschaltern anstellen. Wenigstens weiß er jetzt, warum sich an diesem Tage so viele Leute in dem Geldinstitut aufhalten, denn die persönliche Bedienung durch Menschen anstatt Maschinen dauert etwas länger. Doch man kommt dabei miteinander ins Gespräch, was sonst kaum noch passiert. Beim Warten fällt sein Blick auf einen Ständer mit bunten Hochglanzprospekten, die den Kunden etwas vorschwärmen von "online geführten Konten" und dem "electronic Banking". Endlich hat Graukopf seine Scheine in der Hand, und das Bargeld lacht ihn wieder an. Ganz verschwunden ist das Geld bei dem Kabelcrash offensichtlich doch noch nicht.

Dieser Zwischenfall bringt ihn später noch auf die Idee, er sollte vielleicht seine letzten Telekom-Aktien schnellstens verkaufen. Sie befinden sich ja sowieso schon auf der Talfahrt. Doch ein Anruf bei seinem Kundenbetreuer ergibt, dass ein so schwieriges Geschäft ohne Computerunterstützung zur Zeit kaum zu tätigen sei. Also behält er die kränkelnden Wertpapiere und hofft, dass der Kieler Kabelcrash sich nicht bis an die Frankfurter Börse herumspricht und die Telekom-Aktien noch weiter absacken lässt.

Graukopf verzichtet auch darauf, sich noch einen größeren Bargeldvorrat zu besorgen, denn ein solches Unterfangen birgt gewisse Risiken. Doch er wird die Sorge nicht ganz los, dass bei einem Absturz des gesamten Computersystems seines Geldinstituts womöglich seine Sparguthaben verschwinden könnten. Aber an einem so schwierigen Tag möchte er seinen Kundenbetreuer nicht noch mit der Bitte behelligen, er solle ihm sein Guthaben einmal in barem Gelde vorzählen, um ihm zu beweisen, dass es noch vorhanden ist (ein Verfahren, das in Karl-Heinz Groths "Wullerdieker Geschichten" genauer beschrieben wird).

Graukopf findet, man müsste dem unbekannten Baggerfahrer, der in Kiel das so wichtige Glasfaserkabel beschädigt und den Computercrash verursacht hat, eigentlich dankbar sein. Er hat nämlich (wieder einmal) gezeigt, dass auch die Informationstechnologie nicht unfehlbar ist und dass die Geldgeschäfte ohne den Einsatz von Computern zwar langsamer, dafür aber viel menschlicher ablaufen. Vielleicht sollte man den computerfreien Bank- und Kassentag einmal in der Woche (oder wenigstens einmal im Monat) zu einer festen Einrichtung machen, selbst wenn die Kontoführungsgebühren dann etwas ansteigen würden.

Die Werbung kann ganz lustig sein

Eine der Plagen der modernen Welt ist die Werbung! Die Kundenwerbung, nicht etwa die Werbung um eine Frau. Überall wird die Werbetrommel gerührt, und wir werden mit Werbeslogans überflutet. Schon wenn Graukopf die Morgenzeitung aus dem Briefkasten holt, muss er sie erst einmal ausnehmen wie ein Suppenhuhn und die beiliegenden Prospekte in den Papiermüll sortieren. Die Zeitung selbst enthält noch Anzeigen genug, die man ja aber nicht lesen muss. Wenn er aus Versehen das falsche Radioprogramm einschaltet, wird ihm immer wieder alles Mögliche angepriesen, weil es angeblich gut für ihn ist. Da hilft es nur, die Ohren auf Durchzug zu stellen.
Auf dem Spaziergang in die Stadt begegnet er vielfältiger Plakatwerbung. Die Reklame in den Schaufenstern ist dagegen noch eine harmlose Form. Kommt Graukopf dann nach Hause zurück, so hat der Postbote inzwischen eine Reihe von Briefen und Zetteln hinterlassen, die auf verschiedene Weise nichts als Werbung betreiben und die sogleich im bereitstehenden Altpapierkarton landen. Er ist froh, dass er keinen Faxanschluss besitzt und von daher keine weiteren Werbeangriffe zu befürchten hat.
Wenn er beim abendlichen Fernsehen zu früh die Nachrichten einschaltet, muss er wieder allerlei unerbetene Ratschläge und Reklame anhören und -sehen. Es wird ihm plausibel erklärt, was er doch alles zu seinem Besten kaufen, anwenden, bestellen und abonnieren sollte. Sofern sich Graukopf einen Film auf dem falschen Programm ansieht, so muss er während der Vorführung mehrfach einen Werbeblock über sich ergehen lassen. In anderthalb Stunden kann er gar nicht so oft Bier holen oder auf der Toilette verschwinden. Manche Werbespots

findet er ja ganz gelungen, doch die meisten sind kaum zu ertragen, und man kann ihnen nur entgehen, indem man auf andere Programme zappt.
Es gibt jedoch eine noch relativ seltene Form der Werbung, die Graukopf oft Spaß macht: die Telefonwerbung. Er kann sich diesem Vergnügen widmen, weil er Zeit dazu hat. Einen Weinhändler, der ihm seine Produkte telefonisch anbietet, fragt er ausführlich nach seinen Angeboten aus, bis er ihm schließlich erklärt, er dürfe gar keinen Wein mehr trinken und werde daher auch nichts bestellen.
Schon öfter ist er vom Teppichhändler Hassan angerufen worden, der ihm noch für den gleichen Tag ein gutes Geschäft in Aussicht stellt, weil er schon am nächsten Morgen in seine Heimat zurückfliegen müsse. Graukopf wird sogar zu einem Kaffee in des Händlers Wohnwagen eingeladen, als er ihn endlich mit dem Hinweis abschreckt, er habe überhaupt kein Interesse an Orientteppichen und sei übrigens nicht etwa ein gut verdienender Arzt, sondern ein armer Lehrer.
Sehr unterhaltsam hat sich der Anruf eines Vertreters entwickelt, der einen Apparat zur Entkalkung des Wassers anbietet. Graukopf bedankt sich für die fürsorgliche Nachfrage, ob er Probleme mit Kalk im Wasser habe. Ja, er fürchte, er sei schon recht verkalkt; beim Lösen von Kreuzworträtseln merke er das manchmal. – Nein, es gehe um das Wasser in der Leitung; ob es denn bei ihm noch so richtig laufe? Der so Befragte gibt zu, dass er damit schon seine Probleme habe, wie viele Männer in seinem Alter. – Nein, nur das Leitungswasser sei gemeint! – "Ach so", sagt Graukopf, "dafür haben wir unseren Klempner, und sonst trinken wir eben Mineralwasser."
Ähnlich verläuft das Telefongespräch mit der Angestellten eines Versandhauses. Graukopf wird auf eine bevorstehende Ge-

winnausschüttung aufmerksam gemacht und an die rechtzeitige Absendung einer Bestellung erinnert. Daraufhin erkundigt er sich eifrig: "Soll ich schon mal unsere Kontonummer mitteilen?" und: "Wie viel gewinnen wir denn?" Dafür sei die Gewinnabteilung zuständig, hört er und erwidert frech. "Die gibt es doch gar nicht. Sie vertreten sicher eine von diesen Firmen, vor denen immer gewarnt wird." Die Anruferin tut harmlos; sie habe nur die Kunden zu informieren und gehöre zum Callcenter. Sofort kommt die boshafte Nachfrage: "Dann sind Sie also ein Callgirl?" Die Angestellte versucht zunächst, diese Bemerkung zu überhören, und geht dann etwas genervt darauf ein. Am Ende des Telefonats stellt Graukopf zufrieden fest, dass er die Anruferin mit seinen Fragen ungefähr drei Minuten aufgehalten hat.

Werbung ist zuweilen doch ganz lustig, findet er, wenn man dabei jemand aus der Werbebranche zu fassen bekommt und sich an ihm (oder ihr) etwas schadlos halten kann.

Kurs Nordost – Piratenehre wiederherstellen

Wenn es Hochsommer geworden ist (jedenfalls auf dem Kalender), erwacht bei vielen Leuten in Eckernförde eine besondere und etwas kämpferische Stimmung, denn die Piratentage sind nicht mehr fern. In den einen regt sich der Freibeutergeist, und sie träumen von Kaperfahrten und Seeräuberei. Die anderen überlegen wenigstens, wie man sich gegen einen Überfall auf die Stadt von der See her verteidigen könnte.

Auch Graukopf sieht den Tagen der Piratenherrschaft über seine Heimatstadt wieder mit einer gewissen Spannung entgegen, und er fragt sich, ob alles so ähnlich ablaufen wird, wie er es in den vergangenen Jahren schon gesehen hat, mit dem Angriff der wilden Räuber auf den Hafen, dem wackeren, aber doch vergeblichen Widerstand der städtischen Truppen an der Holzbrücke und dem Marsch der siegreichen Freibeuter zum (Pi-)rathaus, mitten durch die Innenstadt, in der die meisten Geschäfte und öffentlichen Institutionen sich schon sehr frühzeitig den Angreifern ergeben und die Piratenflagge gehisst haben.

Wahrscheinlich gibt es nach der Besetzung der Stadt wieder die Gefangennahme der Bürgermeisterin mit einem Schauprozess, in welchem man der Stadtregentin auch diesmal nichts Entscheidenes vorzuwerfen hat, sodass man sie am Ende der wilden Tage wieder wird freilassen müssen. Wie man hört, wird zu diesem Tage sogar die Großfürstin aus der Landeshauptstadt anreisen. Aber auch deren Unterstützung wird wohl wenig ändern. Kommt sie überhaupt, um der jungen Regentin beizustehen, oder sucht sie nur die Publicity der hiesigen Piratentage? Vielleicht will sie auch nur einen begehrlichen Blick auf

die Stadtkasse werfen.
Graukopf denkt, die ganze kämpferische Energie, die noch in dem alten Piratenort Eckernförde steckt, sollte eigentlich in nützlichere Bahnen gelenkt werden. Vor kurzem hat er nämlich

lesen müssen, dass an der Ostseeküste, einige Meilen nördlich von seiner Heimatstadt, ein neues Piratennest entstanden ist, dem es zwar wirtschaftlich recht gut geht, dem aber wohl eigene Ideen fehlen. Denn die Leute dort haben den Eckernfördern geistiges Eigentum gestohlen und es ausgenutzt, und bisher hat es leider keinen erkennbaren Widerstand der Geschädigten gegen diese Untat gegeben.

Wie wäre es, so phantasiert Graukopf, wenn sich nun alle Eckernförder Piraten, ihre Freunde und auch ihre Gegner zusammenfänden, um diesmal gemeinsam gegen das neue freche Piratennest im Nordosten in See zu stechen. Es ließen sich mindestens fünf oder sechs Segelschiffe, die im Hafen liegen, zu diesem Zweck requirieren. Sie zu bemannen (Pardon! Auch zu "befrauen" natürlich) und zu bewaffnen dürfte nicht allzu schwer fallen; es gibt ja bei den Piratentagen am Hafen sogar einige Kanonen. Und einen tüchtigen Piratenkapitän fände man sicher auch; Graukopf kennt zwei oder drei Seebären, die dafür in Frage kämen.
Dieser Flotte sollte es dann doch wohl gelingen, der alten Piratenstadt Eckernförde (die immerhin auf eine 600-jährige Tradition zurückblicken kann) bei dem neuen Piratennest Respekt zu verschaffen. Das plötzliche Auftauchen der Armada würde dort sicher so viel Furcht erregen, dass man die Auslieferung des Verräters und die Rückgabe des gestohlenen Eckernförder Eigentums leicht durchsetzen könnte.
Anschließend würde die siegreiche Flotte in den Heimathafen zurücksegeln. Der Empfang in der Stadt wäre zweifellos triumphal, mit Böllerschüssen und Hurrarufen der Menge, mit einer Rede der Bürgermeisterin, mit Freibier und Bratwurst für alle Einwohner und (wenn nicht gerade Ferien wären) mit drei Tagen schulfrei für die Kinder. Dieses Ereignis würde in die Stadtgeschichte eingehen und im städtischen Museum in einer besonderen Ausstellung dokumentiert werden.

Wissen – gedruckt, multimedial oder selbst gewusst

Zu Weihnachten hat sich Graukopfs Sohn ein Lexikon gewünscht und es auch bekommen, d.h. das Geschenk lag zu 80 Prozent auf dem Gabentisch, denn von dem neuen fünfbändigen Werk des weltbekannten Verlags war bis zum 24. Dezember ein Band noch nicht ausgeliefert worden; komischerweise war es nicht der fünfte, sondern der vierte.

Bei diesem Begebnis fiel Graukopf eine der witzigen Geschichten von Kurt Kusenberg ein. Sie trägt den Titel "Geteiltes Wissen". Der Autor berichtet darin von den Zwillingen Peter und Paul, denen der Vater als Lehrbuch ein zweibändiges Lexikon gegeben hatte. Peter lernte alles, was er im ersten Bande (A-K) finden konnte, während Paul am Ende seiner Studien alles beherrschte, was im zweiten Bande (L-Z) enthalten war. Aus dem Wissensgebiet des anderen wussten die Brüder jedoch so gut wie nichts.

Dieses ist nun eine skurrile Idee, die Kusenberg ins Extrem getrieben hat. Bei Graukopfs war es natürlich nicht so schlimm. Es handelte sich ja nur um ein Fünftel des Wissens der Welt, das ihnen für einige Tage fehlte. Doch in dieser Zeit konnten sie sich nicht schlau machen über alle Stichwörter zwischen "Musterung" (Ende von Bd. 3) und "Sieg" (Anfang von Bd. 5).

Nichts Genaues war zu erfahren über die Nachtigall oder Napoleon, über New York, die Nieren und den Nobelpreis, Odysseus und Österreich, über Paganini und die Päpste, das Periodische System, die Pilze oder Preußen. Nichts über Wilhelm Raabe, die Raketen und Reuter, Ernst oder Fritz, über die Romanik und die Romantik und auch nichts über das Selbst-

bestimmungsrecht, die Schweiz und alle lexikalisierten Schmidts.
Ein Lexikon in Buchform ist heutzutage ja schon fast ein veraltetes Medium. Und es ist teurer und wiegt schwer. Der gleiche Verlag, der das fünfbändige Nachschlagewerk herausbringt, bietet auch ein federleichtes multimediales Lexikon an (auf CD-ROM oder DVD-ROM), das anderthalbmal so viele Stichwörter und fast doppelt so viele Abbildungen enthält wie das gedruckte Werk, das aber nur wenig mehr als ein Drittel des Buchlexikons kostet.
Doch Graukopf weiß nicht so recht, wie das multimediale Ding zu handhaben ist. Er zieht die traditionelle Form des Umgangs mit einem Nachschlagewerk vor, nämlich das Umblättern der stabilen Seiten aus Kunstdruckpapier. So kann er den bekannten "Brockhaus-Effekt" auf sich wirken lassen und auf gut Glück von einem Stichwort zum anderen wandern und ohne festes Ziel hier und da interessante Informationen auflesen.
Am besten ist es natürlich, wenn man möglichst viel Wissen in seinem Gedächtnis gespeichert hat. Dann braucht man nicht so viel nachzuschlagen oder mit einem Mausklick aufzurufen. Das Gehirn ist, wenn es genug Informationen aufgenommen hat und noch einigermaßen funktioniert, viel schneller als "Yahoo" oder "Altavista". Wie könnte man sonst bei diesen neuerdings so beliebten Sendunden wie z.B. "Wer wird Millionär?" oder "Die Chance deines Lebens" erfolgreich sein?
Eine Suchmaschine wäre nicht schnell genug, und das Blättern in einer Enzyklopädie würde auch zu lange dauern. Außerdem dürfte man diese beiden Hilfsmittel ja nicht zur Quizsendung mitbringen. Und bei vielen Fragen, welche die Herren Jauch und Pflaume stellen, würden sie sowieso versagen, wenn etwa fünf halbwegs bekannte Ereignisse der letzten dreißig Jahre

chronologisch geordnet werden müssen oder wenn der Kandidat wissen soll, welcher der letzten fünf britischen Premierminister einen Zirkusartisten zum Vater hatte.

"Wissen ist Macht", das hat bereits der englische Philosoph Francis Bacon erkannt. Manchmal bringt es sogar Geld ein, und Spaß macht es eigentlich immer, nicht nur beim Spielen von "Trivial Pursuit", sondern auch in der Schule.

Der Bahnhof aus dem Morgenland

Ein Reisender, der von Hamburg aus im ICE nach Süden saust und der nach links aus dem Fenster schaut, wird auf halber Strecke zwischen Hamburg und Hannover von einem seltsamen Bild überrascht wie von einer Fata Morgana. War das eben eine Moschee mitten in der Lüneburger Heide? Wohl kaum, aber was war das dann für ein farbenfrohes Gemäuer mit den fremdartigen Türmchen und den goldenen Kugeln darauf? Der Reisende reibt sich die Augen, doch das bunte Trugbild ist inzwischen längst verschwunden.

Was er da eben vorbeifliegen sah, war der Bahnhof der niedersächsischen Kreisstadt Uelzen, welcher nach den Plänen des Malers und Baukünstlers Friedensreich Hundertwasser umgebaut wurde und nun fast fertig gestellt ist. Es ist sein letztes Bauwerk, das er vor seinen Tode im Februar dieses Jahres entworfen hat. Die Umgestaltung des alten Gebäudes war ein Beitrag zur Weltausstellung und sollte eigentlich schon zu Beginn der EXPO fertig sein. Aber gut Ding will Weile haben, und so heißt es nun, dass die Neugestaltung des Bahnhofs Ende November abgeschlossen sein wird.

Kürzlich sind Graukopf und seine Frau mit dem Interregio (und nicht mit dem ICE) nach Uelzen gereist, um sich den Hundertwasser-Bahnhof anzuschauen. In architektonischer Hinsicht war der Umbau bereits fertig gestellt. Der alte wilhelminische Klinkerbau ist so verändert worden, dass er keine rechten Winkel mehr zeigt (welche dem Meister aus Wien ein Graus waren). An allen Ecken hat man die für Hundertwassers Architektur typischen bunten Säulentürmchen mit Goldkugelspitzen angebaut und auf dem Dach eine kleine Glaskuppel errichtet.

Der Außenanstrich in leuchtendem Rosa und sattem Gelb war

erst teilweise vorhanden, und die Außenanlagen konnte man nur im Modell betrachten. Da Hundertwasser ein engagierter Ökologe war, befindet sich auf dem Flachdach des Bahnhofs eine Solarkraftanlage (die bereits in Betrieb ist), und später sollen dort noch Grasflächen angepflanzt werden, ebenso wie auf den Schutzdächern über den Bahnsteigen. Der Bahnhofsplatz und die Bahnsteige sind mit eingestreuten Pflasterungen aus buntem Steinmosaik aufgelockert und freundlich gestaltet worden.

Das Innere des Bahnhofsgebäudes ist völlig umgestaltet worden. Die Graukopfs konnten die früher so triste fiskalische

Räumlichkeit nicht wieder erkennen. Man erblickt jetzt unregelmäßiges Mauerwerk, viele Säulen und Rundbögen und nur wenige gerade Linien. Überall gibt es leuchtende Farben, und alles ist schön krumm und schief. Leider waren dort noch zahlreiche Handwerker tätig, doch der so gänzlich andere Baustil

mit den typischen Hundertwasser-Elementen bestimmte bereits ganz deutlich alle Innenräume des Gebäudes.
Auch die Tunnelanlage, die das Bahnhofsgebäude und die verschiedenen Bahnsteige miteinander verbindet, war schon hundertwasserartig umgebaut mit welligem Pflaster (im Mittelteil allerdings nahezu eben, sodass keiner zu Schaden kommt) und abwechslungsreichem Mauerwerk, das noch mit munteren Farben angestrichen wird. Jeder kennt ja die öden Unterführungen, in denen niemand verweilen möchte, doch hier in Uelzen wurden die Graukopfs schon in dem langen Tunnel ganz fröhlich gestimmt, ein Gefühl, das im Bahnhofsgebäude selbst noch zunahm.
Die dekorativen Elemente und die Farben Hundertwassers, die man ja von seinen Bildern her kennt, üben einen positiven, lebensbejahenden Einfluss aus, dem man sich kaum entziehen kann.
Direkt neben dem Uelzener Bahnhof gibt es übrigens noch eine sehr sehenswerte Ausstellung des graphischen Werks Friedensreich Hundertwassers (mit rund 1000 Exponaten die bisher umfangsreichste Ausstellung der Werke des Meisters).
Die Graukopfs empfehlen allen interessierten Lesern eine Reise nach Uelzen, möglichst noch bis zum 30. November, weil dann die Bilderausstellung geschlossen wird. Der Bahnhof ("einer der schönsten Bahnhöfe der Welt", wie es der Prospekt der Bundesbahn verheißt) müsste zu diesem Zeitpunkt wohl fertig gestellt sein.

Aus der Stadt, vom Kaufhaus komm ich her ...

In jedem Jahr wirft das Weihnachtsfest seine Schatten früher voraus. Vor drei Jahren hat Graukopf um diese Zeit darüber geklagt, dass die Weihnachtsmänner bereits seit Anfang November in den Geschäften auftauchen, doch diesmal hat er diese Gesellen schon in der zweiten Oktoberhälfte in den Kaufhäusern stehen sehen. Da bleiben sie also neun Wochen lang aufgereiht, als ob sie so lange brauchten, um bei den Leuten die Freude auf die Festtage in Gang zu bringen.
Ende Oktober ist Weihnachten doch noch ein fernes Datum, an das man nicht dauernd denkt; höchstens überlegt man schon einmal, wie mit wenigen Urlaubstagen eine möglichst lange Feiertagsbrücke zu bauen ist. Den Geschäftsleuten, welche die rotbemantelten Sackträger schon so früh aufmarschieren lassen, geht es wohl nur darum, die Kauflust der Kunden anzustacheln. Knecht Ruprecht in Theodor Storms gleichnamigem Gedicht ("Von drauß' vom Walde komm ich her, ich muss euch sagen, es weihnachtet sehr ...") macht sich jedenfalls erst viel später auf den Weg.
Es ist wirklich dringend erforderlich, den Konsum frühzeitig anzukurbeln und auf hohen Touren laufen zu lassen, denn der Sommerschlussverkauf ist ja schon so lange her. In Hamburg – so las es Graukopf neulich im "Abendblatt" – bieten die Schaufenstergestalter in diesem Jahr ein "Feiertagsgesamtpaket" an, welches die Kunden von "Halloween" (31. Oktober) über den 1. Advent (3.Dezember) bis Weihnachten "außerhalb der herkömmlichen Jahres- und Feierrhythmen von morgens bis abends in Festtagslaune halten kann". Sehr praktisch, dieses "Halloween", denn mit den grauslichen Kürbisköpfen zollt man in der düsteren Herbstzeit dem Transzendentalen ein

wenig Respekt. Zu "Halloween" verlassen nämlich nach einer alten keltischen Überlieferung die Geister die Toten ihre Gräber.
Die Unmengen von Schokoladenweihnachtsmännern, die in allen Größen, aber doch in erstaunlich gleichförmigem Aussehen in den Warenhäusern angetreten sind, rufen in Graukopfs Frau immer die Vorstellung von geklonten Wesen wach. Aber glücklicherweise sind es ja nur Schokoladenfigurgen aus den Fabrikationsmaschinen der Süßwarenindustrie.
Die Weihnachtsmänner tragen alle einen prallen Sack; die Rute ist inzwischen abgeschafft worden. Gelegentlich gibt es welche, die einen Rucksack haben, ein Transportmittel, das zur Zeit sehr in Mode ist. Und als ihr Begleiter erscheint neben dem Schlitten ziehenden Pferd jetzt oft das Rentier; vielleicht ist es ja tüchtiger bei der anstrengenden Geschenkezustellung.
Bei den lebenden Weihnachtsboten hat Graukopf den Eindruck, dass die Engel in der Welt der Werbung immer häufiger erscheinen. Sie kommen in der biblischen Weihnachtsgeschichte ja wenigstens vor, während man den Weihnachtsmann dort vergeblich suchen würde. Diese Engel ermöglichen es den Frauen, im kommerziellen Weihnachtsgeschehen eine aktivere Rolle zu übernehmen, obwohl es mittlerweile immer häufiger auch Weihnachtsfrauen gibt. Wer wird sich auf die Dauer bei den weiblichen Boten des Christfestes durchsetzen, die Weihnachtsfrau in der üblichen Ausstattung, die ja ziemlich maskulin wirkt, oder in einem sexy Outfit, das man manchmal schon sehen kann, oder doch der ganz feminine, sanfte und freundliche Weihnachtsengel? Schauen wir mal, welcher Typ das Rennen machen wird.
Und was sollen die Geschäftsleute nach dem Fest unternehmen, um die Kunden weiterhin anzulocken und den Kommerz

in Gang zu halten? Die Weihnachtsmärkte kann man doch vielleicht bis Neujahr laufen lassen; sie sind auch gar nicht die schlechteste Idee, um weihnachtlichen Geist zu verbreiten. Doch bis Ostern ist es dann eine sehr lange Zeit, selbst wenn es inzwischen noch den Winterschlussverkauf und am 14. Februar den Valentinstag gibt. Dieser ist bisher ja nur für die Blumenhändler profitabel, aber vielleicht könnte man dafür werben, dass die Leute an diesem Tag für ihre Liebsten auch andere Geschenke als nur Blumen einkaufen.

Eine angenehme Form der Sucht

Seitdem der sehnlich erwartete vierte Teil von Harry Potters Abenteuern nun endlich auch in deutscher Übersetzung auf dem Markt ist und anscheinend sehr gut verkauft wird, hört man von den Buchverlagen hoffnungsvolle Kommentare, weil das Bücherlesen offensichtlich doch noch nicht aus der Mode gekommen ist. Noch weniger bange braucht es den Zeitungsverlegern zu sein, denn die 356 deutschen Tageszeitungen sind sicher noch weniger vom Aussterben bedroht, wie es auch die Ende September veranstaltete "Woche der Zeitung" deutlich gemacht hat.

Graukopf freut sich darüber, denn er würde ohne Tageszeitung kaum auskommen. Schon am Morgen beim Frühstück würde ihm zum Kaffee und Brötchen die aktuelle Information und der Ausblick auf die Welt vor seiner Haustür fehlen. Vom Frühstücksfernsehen hält er nichts, und er gehört auch nicht zu jenen, die beim Morgenessen immer die Zeitung vor der Nase haben und ihrer Ehefrau nur die Kaffeetasse zum Nachfüllen herausreichen. Aber ein Blick auf die Schlagzeilen und die Bilder muss schon erlaubt sein. Es sind nicht in erster Linie die großen Weltnachrichten, die ihn interessieren, denn die erste Seite bietet nicht viel Neues für jemand, der am Vorabend noch die "Tagesthemen" im Fernsehen angeschaut hat. Die Meldungen aus dem Lande, die Kommentare und auch die Karikatur erregen dagegen seine Aufmerksamkeit.

Und auf die lokalen Neuigkeiten im Ortsteil könnte Graukopf noch weniger verzichten. Es gibt dort zwar manches, was er nicht liest, aber vieles aus der Geschäftswelt, der Kirchturmpolitik und der Stadtkultur muss er sich als interessierter Bürger unbedingt von den emsigen Redakteuren berichten lassen. Wie man den Ergebnissen einer Umfrage über das Zeitunglesen entnehmen kann, finden die Lokalnachrichten die größte Beachtung (85 % lesen sie immer). Und man sollte die Tageszeitung täglich zur Hand nehmen, sonst entgeht einem doch Wichtiges, besonders im Veranstaltungskalender und bei den Familienanzeigen, denn nichts ist so veraltet wie die Zeitung vom Vortage.

Vier von fünf erwachsenen Deutschen lesen nach dieser Untersuchung regelmäßig eine Tageszeitung, und im Durchschnitt wenden sie dafür jedes Mal 40 Minuten auf, eine Zeitspanne, die für Graukopf allerdings nicht ausreicht, weil er neben dem Lokalblatt noch eine überregionale Zeitung liest. Seit seiner Studienzeit ist er ein so beständiger und eifriger Leser der Tagespresse, dass er sich manchmal schon für zeitungssüchtig hält.

Allein aus diesem Grunde wäre er kaum geeignet, sich wochenlang im Big-Brother-Container einsperren zu lassen. Er würde es kaum aushalten, wenn er auf die tägliche Lektüre seiner gewohnten Gazette verzichten müsste, ähnlich wie jener bedauernswerte Ehemann, von welchem er kürzlich gelesen hat, dem seine gesundheitsbewusste Frau neben einer Körnerdiät und frischen Rohkostsalaten auch einen zeitweisen Verzicht auf seine Tageszeitung und dafür viel Wandern und Radfahren verordnet hat.

Frische Salate und Spazierengehen, das findet auch Graukopf sehr gesund, aber beim Entzug der täglichen Zeitung wäre bei

ihm ganz sicher Schluss mit lustig! Seitdem er in der Seniorendirektion der EZ mitarbeitet und er allmonatlich einen seiner Artikel gedruckt in der Zeitung wieder finden kann, ist seine Bindung an die Presse noch enger als zuvor.
Früher brauchte jeder eine Zeitung, selbst wenn er sie gar nicht las. In handliche Stücke zerschnitten verwendete er sie im kleinsten Raum des Hauses und ließ sie dann hinter sich. Und auch heute benötigt man noch Zeitungen als Unterlage beim Arbeiten mit Klebe und mit Farbe, als Fliegenklatsche oder als Einlage im Mülleimer. Der größte Teil der gelesenen Zeitungen wird zu Altpapier. Als umweltbewusster Bürger schnürt Graukopf alle zwei Wochen daraus ein stattliches Bündel und legt es an den Straßenrand. Dann ist er fast stolz darauf, dass er wieder eine solche Menge von "Wertstoffen" für die Sammlung produziert hat.

Haben wir nichts mehr zu lachen?

Was ist Gelotologie? Es ist nicht die Erforschung des Alterns und auch nicht die Familien- und Geschlechterkunde oder die Wissenschaft von der Zusammensetzung der Erde, sondern es ist die Lehre vom Lachen. Die Gelotologen haben herausgefunden, wie Graukopf in einem Zeitungsartikel gelesen hat, dass das Lachen den Blutdruck senkt, den Kreislauf in Schwung bringt, die Verdauung und das Immunsystem anregt und auch für die Ausschüttung von Glückshormonen sorgt. Außerdem hat es noch einen kosmetischen Nutzen, denn beim Lachen werden zwanzig Muskeln der Gesichtshaut trainiert und straff gehalten.

Also kann man eigentlich nichts Besseres tun, als viel zu lachen. Der französische Schriftsteller Chamfort hat Recht, wenn er sagt: "Der verlorenste aller Tage ist der, an dem man nicht gelacht hat." Aber das Lachen scheint uns immer mehr zu vergehen, wenn man den Forschungen der Gelotologen glauben darf. Vor vierzig Jahren, so behaupten sie, hätten die Menschen dreimal so viel gelacht wie heutzutage (18 Minuten pro Tag, heute nur noch 6 Minuten). Graukopf findet es bedenklich genug, wenn schon wieder eine neue Wissenschaft auftaucht, die einen Missstand untersuchen soll. Oder wollen sich die Gelotologen nur interessant machen?

Es ist immer gut, wenn die Menschen etwas zum Lachen haben. Sie fühlen sich entspannt und sind zufriedener mit der Welt und mit sich selbst. Nur sollte man nicht dauernd lachen, denn schon ein Sprichwort weiß: "Am vielen Lachen erkennt man den Narren." Wir wissen doch alle, dass das Leben nicht immer nur lustig ist.

Doch wenn wir etwas erleben, sehen oder hören, das uns sehr

erheitert, so brechen wir einfach in Lachen aus, und je gelöster die Stimmung ist, desto eher überkommt es uns. "Lachen ist gesund ..., und die Seelenruhe ist des Lachens Quelle", hat der Pädagoge Heinrich Pestalozzi gesagt. Vielleicht ist uns ja diese innere Ruhe abhanden gekommen, und wir lachen deshalb weniger.

Natürlich lässt sich das Lachen auch mehr oder weniger geplant auslösen durch Situationskomik, durch ein Lustspiel im Theater, im Kino oder im Fernsehen, durch gute Witze oder einen tüchtigen Clown. Graukopf meint aber, dass die wohltätige Wirkung des Lachens umso größer ist, je unerwarteter man davon überfallen wird. Insofern hat er einige Zweifel an dem Sinn der "Humorseminare", auf die – wie er gelesen hat – manche US-Konzerne ihre Mitarbeiter schicken, damit diese dort ihren Stress abbauen können.

Ein Schulleiter, der auch ein guter Lehrer war, empfahl seinen jungen Kollegen immer, sie sollten versuchen, ihre Schüler einmal in jeder Unterrichtsstunde zum Lachen zu bringen. Dies war einer der besten pädagogischen Ratschläge, die Graukopf je gehört hat. Natürlich kann dieser Rat nicht immer befolgt werden. Es ist auch nicht zweckmäßig, das Lachsoll gleich zu Beginn der Stunde zu erledigen oder es auf Kosten eines ungeschickten Schülers abzuleisten. Gut ist es, wenn der Lehrer Selbstironie und Humor hat und die eigene Person einmal in Frage stellen und seine Schüler auf diese Weise zum Lachen bringen kann.

Wer über sich selbst lachen kann, der hat Humor. Doch diese Fähigkeit ist eine Gabe, die – wie vieles auf Erden – sehr ungleich verteilt ist. Es ist (wie der Große Brockhaus definiert) "die heitere Gelassenheit gegenüber den Unzulänglichkeiten von Welt und Menschen und den Schwierigkeiten des Alltags". Der

Schriftsteller Otto Julius Bierbaum drückt es viel einfacher aus, wenn er sagt: "Humor ist, wenn man trotzdem lacht."
Graukopf meint, dass man diese Fähigkeit sogar erlernen kann, doch es gehört dazu eine gewisse Weisheit. Man muss versuchen, sich selbst und seine Angelegenheiten nicht zu wichtig zu nehmen, und man darf seine Mitmenschen nicht ganz außer Acht lassen. Wer das schafft, wird das Lachen nicht völlig verlernen und vielleicht sogar wieder häufiger etwas zu lachen haben. Und wer zuletzt lacht, lacht am besten.

Biographische Skizze

Graukopf, mit bürgerlichem Namen Dr. Dietrich Buntrock, wurde 1934 in Frankfurt/Oder geboren. Bis zum Ende des Zweiten Weltkrieges verlebte er seine Jugend in der Kleinstadt Drossen in Ostbrandenburg. Nach der Vertreibung aus seiner Heimat und einem einjährigen Aufenthalt in Berlin gelangte er mit seinen Eltern 1946 nach Schleswig-Holstein in den Kreis Pinneberg.

Er besuchte die Ludwig-Meyn-Schule in Uetersen, an der er 1954 das Abitur bestand. In den folgenden Jahren studierte er englische und französische Philologie, Pädagogik und Geschichte an den Universitäten Marburg und Hamburg, wo er 1960 das erste Staatsexamen ablegte und 1962 zum Dr. phil. promoviert wurde. Nach der Referendarausbildung in Lübeck und dem Assessorexamen im Jahre 1963 wurde er an die Jungmannschule in Eckernförde versetzt.

Hier unterrichtete er länger als drei Jahrzehnte die Fächer Englisch und Französisch und war in seinen letzten Dienstjahren als Studiendirektor auch Leiter der Orientierungsstufe. Er wohnt seit 1963 in Eckernförde; er ist mit einer Lehrerin verheiratet und hat einen bereits erwachsenen Sohn.

Nach seiner Pensionierung im Jahre 1996 hat er sich dem Schreiben zugewandt. Er zeichnet Erinnerungen aus seinem Leben auf, verfasst besinnliche Texte und Graukopfartikel, und er denkt sich gern leicht skurrile Geschichten aus, die häufig in seiner Heimatstadt spielen (die "Kadekernsunder Geschichten").